新日語900句

林爲龍　徐一平　編著

鴻儒堂出版社發行

前　言

　　≪新日語900句≫是為具有初級和中級水準的日語學習者編寫的。本書之所以定名為≪新日語900句≫，是因為過去曾有人編寫過≪日語900句≫，為了不致混為一談，因而多加一個〝新〞字，以示區別。另外，加了一個〝新〞字，也體現了編寫者盡量能讓學習者學到最新的現代日語的編寫意圖。

　　全書共設53個單元，每個單元圍繞一個主題，這些主題廣泛涉及到日常生活中的方方面面。在日常生活中，有的話題可以引起人們無限的談興，有的話題只需聊聊數語，因而我們在設計每個單元的句子時，也作了不同的取捨，最後總數共計900句。句子的結構也根據話題的不同，有長有短，有易有難，從而照顧到不同水準學習者的需要。凡具有一定日語學習經驗的人都知道，日語的口頭語言與書面語言差距較大，編寫者考慮到學習者學習常用九百句，主要是為了提高口語水準，因而在編寫句子時盡量採用日語中朗朗上口的口語表達形式，但同時為了幫助讀者提高和充實語言表達能力，也適當地注意包括一些較為複雜的句型。

　　全書每個單元都由1.日文正文，2.中文參考譯文，3.若干條簡單注釋等三部分構成。中文參考譯文在翻譯方法上，採取了既要準確地再現原文的意思和口氣的同時，又要符合中文表達習慣的譯法，旨在幫助讀者理解和掌握原文，並非絕對唯

一的標準答案。簡單注釋對一些常用的、又可能造成讀者學習困難的詞義、語法等進行了注釋。注釋方法力求簡單易懂，有時補充一些例句。不過，對於學習時間較短的初學者來說，也許尚有許多詞義、語法應該予以注釋，但是考慮到篇幅問題，均予從略。請初學者借助詞典等工具書自己進行學習。但是，為了幫助初學者儘快學習和掌握，我們給全書正文的所有詞彙的漢字都作了假名標音，另外，在全書的最後附有全書的單詞總表，以便於廣大讀者學習時查閱參考。本書出版後，我們還將根據讀者的要求出版錄音帶，以滿足廣大日語學習者的需要。

總之，我們希望≪新日語 900 句≫的問世，能受到我國廣大日語學習者的歡迎，並對廣大日語學習者的學習起到幫助的作用。同時，由於我們經驗不足，在編寫過程中，尚有許多不盡如意的地方，書中也一定會或多或少地存在各種缺點和錯誤，歡迎廣大讀者和同行給予批評指正。

作者

目　錄

1. 呼びかけ

あのう…

すみません（が）…

お願いします…

ちょっとお伺いします（が）…

もしもし…

申し訳ありません（が）…

（1）（ホテルのフロントで）あのう、手紙を出したいので
　　　すが、切手はどこで売っていますか。

(2) （同上）すみません、部屋にペンを忘れてきたので、ちょっと貸していただけませんか、申し訳ありません。

(3) （レストランで）お願いします。ラーメン二つと餃子二つ。

(4) （同上）すみません、いま注文したもの、急ぐので、早めにお願いできますか。

(5) （大学で）すみません、田中先生の研究室はどちらでしょうか。

(6) （ある会社で）あのう、わたしは王と申します。総務課の石川さんはいらっしゃいますでしょうか、王が来ていると伝えてください。

(7) （デパートの受付で）すみません、旅行カバンがほしいのですが、どの階で売っていますか。

(8) （駅の売店で）すみません、新聞と東京都のポケット地図を一冊ください。おいくらですか。

(9) （駅員に）すみません、新宿に行きたいのですが、どの電車に乗ったらいいのでしょうか。

(10) （道で）すみません、ちょっとお尋ねします。この近くに郵便局はありませんか。

(11) （肉屋で）すみません、この豚肉を500グラムと、こ

ちらの鶏肉200グラムほどお願いします。

(12) お話し中のところちょっとすみません。このアパート
　　　に山田さんという方はいますでしょうか。

(13) もしもし、そこに立っているとあぶないですよ。

(14) もしもし、ノートをお忘れですよ。

(15) もしもし、このカバンはあなたのですか。

(16) （バスの中で）申し訳ありませんが、もう少し詰めて
　　　いただけませんか。

(17) 申し訳ありませんが、その箱をちょっとこちらへ推し
　　　ていただけますか。ありがとうございます。

1. 打 招 呼

あのう……（感）喂，啊，嗯（招呼人時，説話躊躇或不能立
　即説出下文時的用語）。

すみません（が）……（句）（用作寒暄語，表示客氣）麻煩，
　對不起。

お願いします…（句）（用作向人提出請求時）麻煩，請您。

ちょっとお伺いしますが…（句）（用作向人請教時）請問。

もしもし……（感）（用於打電話或招呼不認識的人）喂喂。

申し訳ありませんが……（句）對不起，抱歉。

　1.　（在飯店服務台）嗯，我想寄一封信，在哪兒買郵票啊？

　2.　（同上）對不起，我的筆忘在屋裡了，您能借我筆用用嗎？

謝謝。

3. （在餐廳）麻煩您給我兩碗麵和兩份餃子。

4. （同上）對不起，我們有點急事，剛點的菜能快點兒上嗎？

5. （在大學）對不起，請問田中老師的研究室在哪裡啊？

6. （在某公司）你好，我姓王。總務處的石川先生在嗎？請您告訴他有個姓王的來找他。

7. （在百貨公司的服務台）對不起，我想買個旅行包，在幾樓賣啊？

8. （在車站的販賣部）麻煩給我一份報紙和一本袖珍東京地圖。多少錢？

9. （對車站服務員）對不起，我要去新宿，坐哪趟車好啊？

10. （在路上）對不起，跟您打聽一下，這附近有郵局嗎？

11. （在肉店）麻煩您給我 500 克（半公斤）豬肉和 200 克鷄肉。

12. 對不起打擾您說話，這公寓裡有位叫山田的先生住在這裡嗎？

13. 喂，您站在那兒很危險啊。

14. 喂，您的筆記本忘在這裡了。

15. 喂，這個書包是你的嗎？

16. （在公共汽車裡）對不起，能再往裡面擠一擠嗎？

17. 對不起，您幫我把那個箱子往這邊推一推好嗎？謝謝。

簡單注釋：

①が：接續助詞，作為引言或補充的說明與後面的敘述相連接。如 〝すみませんが〞〝お伺いしますが〞〝申し訳あり

ませんが″等等。日本人特別習慣於這樣用，顯得語氣婉轉、客氣。

②切手はどこで売つていますか：直譯為〝郵票在什麼地方賣啊？″譯文中，按照中文的語言習慣沒有這樣直譯，請注意。

③ノートをお忘れですよ：〝お＋動詞連用形＋です″構成一種敬語形式。如〝お疲れでしょう／您累了吧″。

④その箱をちょっとこちらへ推していただけますか：〝いただけます″是補助動詞〝いただく″的〝可能態″（いただける）的敬體。〝いただく″用於〝動詞連用形＋て″的形式後面，表示請求別人為自己做某事。用〝いただける″顯得語氣更加婉轉。

2. 日常のあいさつ

（18）おはようございます。

（19）こんにちは。

（20）こんばんは。

（21）いってきます。

（22）いってらっしゃい（ませ）。

（23）お帰りなさい。

（24）さようなら。

（25）失礼します。

（26）お先に失礼します。

（27）お休みなさい。

（28）お元気ですか。

（29）おかげさまで元気です。

（30）（お）久しぶりです。

（31）お変わりありませんか。

（32）ご無沙汰しております、お元気ですか。

（33）相変わらずです。

（34）今日はいいお天気ですね。

（35）お出かけですか。

（36）お陰さまで、わたしどもも元気でやっております。

（37）（ご家族の）皆さまもお元気ですか。

（38）父がよろしく申しておりました。

（39）会社のみなさんにもよろしくお伝えください。

（40）日曜日、お暇でしたら家に遊びにいらっしゃいません
か。

（41）おじゃまではありませんか。

（42）家内もすぐ帰ってきますので、ゆっくりおくつろぎ下
さい。

（43）あら、もうお帰りですか。

（44）お急ぎでなければゆっくりしていってください。

（45）帰りに寄らなければならないところがありますので、今日はこのへんで失礼します。

（46）明日が早いので、今日はここのところで失礼します。

（47）それでは駅まで車でお送りしましょう。

（48）駅までは道が悪いので、お気をつけてお帰りください。

（49）それでは失礼します。

（50）それではごめんください。

2. 日常寒暄語

18. 早安。
19. 你好。
20. 晚安。
21. 我走了。
22. 您慢走。
23. 您回來了。
24. 再見。
25. 告辭了。
26. 我先走了。
27. 晚安。
28. 您身體好嗎？
29. 托您的福，我很好。

30. 好久不見了。

31. 您很好嗎。

32. 好久不見了，您身體好嗎？

33. 還和往日一樣。

34. 今天天氣真不錯啊。

35. 您要出門嗎？

36. 托您的福，我們也都很好。

37. （您家裡人）大家都好嗎？

38. 我父親向您問好。

39. 請向公司的各位先生問好。

40. 星期天有空的話請來我家玩，好嗎？

41. 不打擾您嗎？

42. 我內人馬上就回來了，請您多待一會兒吧。

43. 喲，您這就要回去呀。

44. 您要是沒有急事的話，就再待一會兒吧。

45. 回家時還要順便去一個地方，今天就告辭了。

46. 明天我們要早起，今天就此告辭了。

47. 那我開車送您到車站吧。

48. 到車站路不好走，您小心點兒。

49. 那就告辭了。

50. 那就再見了。

簡單注釋：

①いってらっしゃい（ませ）：用於對出門人的寒暄語。相當
　於中文的〝您走好〞、〝您慢走〞。

②ご無沙汰しております：〝無沙汰〞原意為〝久未通信〞、

〝久疏問候〞，常用於書信。用於口語中，相當於〝久違〞、〝少見〞等意。〝ご＋サ變動詞詞幹＋する〞是一種自謙的敬語表達形式。

③ゆっくりおくつろぎ下さい：〝くつろぐ〞原意為〝(身心)舒暢〞、〝輕鬆愉快〞、〝隨意、鬆快地休息〞等。〝お＋動詞連用形＋ください〞為一種敬語表達方式。

④ごめんください：這是一句很常用的寒暄語，使用範圍很廣。用於道歉時，意為〝對不起〞、〝請原諒〞；用於叫門時，意為〝有人在家嗎〞、〝我可以進來嗎〞；用於告別時，意為〝再見〞、〝告辭了〞。

3. 祝いのあいさつ

(51) 卒業、おめでとう（ございます）。

(52) 就職が決まったとのこと、おめでとうございます。

(53) このたびは、おめでとうございます。

(54) 新年おめでとうございます。

(55) 今年もよろしくお願い申し上げます。

(56) あけましておめでとうございます。

(57) 来年もよろしくお願いいたします。

(58) ご結婚おめでとうございます。

（59）　女の子がお生まれになったとのこと、ほんとうにお
　　　　めでとうございます。

（60）　ご出産おめでとうございます。

（61）　今後ともご多幸をお祈り致しております。

3. 祝　　福

51. 恭喜你畢業了。

52. 聽説你找到了工作，恭喜恭喜。

53. 這次恭喜您了。

54. 恭賀新禧（新年好）。

55. 今年還請您多多關照。

56. 新年快樂。

57. 明年也請您多多關照。

58. 恭喜新婚。

59. 聽説您生了個千金，恭喜恭喜。

60. 恭喜您喜得貴子。

61. 祝您今後更加幸福。

簡單注釋：

①おめでとうございます：〝おめでとう〞是形容詞〝めでた
　い（可喜、可賀）〞的鄭重説法〝おめでたい〞的ウ音便形
　式。加〝ございます〞可用於各種道喜恭賀的場合。

②女の子がお生まれになったとのこと：〝お＋動詞連用形＋

になる″是一種表示對動作者尊敬的敬語形式。〝とのこ
と″的〝との″是由格助詞〝と″＋格助詞〝の″構成的，
表示傳聞，意為〝聽説″、〝據説″。

4. お悔やみのあいさつ

(62)　（葬儀に参列して）このたびは、ご愁傷さまです。

(63)　（同上）お悔やみ申し上げます。

(64)　（同上）このたびはどうも…。

(65)　お子様を亡くされたとのこと、心からお悔やみ申し上
　　　げます。

4. 弔唁用語

62.　（參加葬禮）這次的事情真令人悲傷。

63.　（同上）向您表示哀悼。

64.　（同上）這次的事情實在是……。

65.　聽説您的孩子去世了，實在令人痛心。

簡單注釋：

①このたびはどうも：〝どうも〞一詞在日語中用途很廣。有
　人稱它是萬能詞彙，只要記住這一個詞就可以應付許多場
　面。表示感謝時可以用它，表示歉意時也可以用它，甚至在
　表示哀悼時也可以用它。使用〝どうも〞時，可以省略後面
　的語言，聽話者可根據場合、情景來領會講話者的意圖，真
　可謂是典型的日語詞彙。

5. 出迎え

(66) ようこそ、よくいらっしゃいました。

(67) （松井さんらしい人に尋ねる）すみません、松井さん
   でいらっしゃいますか。

(68) あのう、失礼ですが、××代表団の方でいらっしゃ
   いますか。

(69) ようこそ、よくいらっしゃいました。わたしは××大
   学の陳です、お出迎えにあがりました。

(70) ようこそいらっしゃいました。わたしは××公司の

劉です。

(71) お疲れになったでしょう。

(72) 道中お疲れになったでしょう。

(73) 朝が早かったので、お疲れになったことでしょう。

(74) わざわざお出迎えいただき、ほんとうにありがとうございます。

(75) お出迎えいただいて、恐縮です。

(76) 課長も出迎えに来ることになっておりましたが、急な会議に出なければならなくなってしまって申し訳ありません。よろしくと申しておりました。

(77) いいえ、とんでもありません。こちらこそわざわざお出迎えいただいて、申し訳なく思っております。

(78) 飛行機に酔われた方はございませんか。

(79) 車に酔われる（弱い）方はいらっしゃいませんか。

(80) 車を外に待たせてあります。それでは、さっそくまいりましょうか。

(81) それでは行きましょうか。

(82) 荷物をお持ちしましょう。

5. 迎　　接

66. 衷心歡迎您的到來（歡迎，歡迎）。
67. （向貌似松井先生的人詢問）請問，您是松井先生嗎？
68. 啊，對不起，您是××代表團的先生嗎？
69. 歡迎您的到來。我是××大學的，我姓陳，是來接您的。
70. 歡迎您的到來。我是××公司的，我姓劉。
71. 您累了吧。
72. 一路上您辛苦了。
73. 早上很早出發，一定很累了吧。
74. 您專程來接我，實在是太謝謝了。
75. 您來接我，實在是不敢當。
76. 本來處長也要來接您的，突然要開會不能來了，實在對不起，他要我向您問好。
77. 哪裡，哪兒的話。您專程來接我，才實在叫我不敢當呢。
78. 有哪位先生暈機了嗎？
79. 有暈車（容易暈車）的先生嗎？
80. 車在外面等著呢。那咱們就走吧。
81. 那咱們走吧。
82. 我幫您拿行李吧。

簡單注釋：

①ようこそ：〝ようこそ〞是〝よくこそ〞的音便形式，是用於表示歡迎時的固定寒暄語。
②課長も出迎えに来ることになっておりましたが：〝課〞是

日本機關、公司裡的機構名稱，相當於我國機關、公司裡的〝部〞、〝處〞。〝動詞連體形＋ことになる〞表示某事物已決定，這裡可譯為〝處長本來是要來接您的（是這樣決定的）。〞

③車に酔われる（弱い）方はいらっしゃいませんか：〝車に酔う〞意思是〝暈車〞。注意此時助詞要用〝に〞。也可以說〝～に弱い〞，意思是〝容易暈～〞，如〝船に弱い／容易暈船〞。

④車を外に待たせてあります：直譯為〝（我）讓車在外面等著呢〞。五段動詞和サ變動詞未然形接〝せる〞，其他各類動詞未然形接〝させる〞構成使役態，意為〝讓（叫）……做……〞。動詞〝待つ（等候）〞是五段活用動詞，構成使役態時為未然形〝待た〞加〝せる〞，成為〝待たせる〞。形成的使役態動詞按照下一段活用動詞的形式發生詞尾變化。

6. 見送り

（83）お気をつけてお帰りください。

（84）みなさん（ご家族・ご主人・奥さん・お子さん）にも
よろしくお伝えください。

（85）いよいよお別れですね。

（86）お帰りになったら、みなさんにもよろしくお伝えくだ
さい。

（87）お荷物はこれで全部ですか。

（88）お忘れ物はございませんか。

(89) 空港まではお送りできませんが、お気をつけてお帰り
　　 ください。

(90) 明日はお見送りできませんが、お気をつけてお帰り下
　　 さい。

(91) 明日はわたしが空港までお見送りします。

(92) お忙しいところをわざわざお見送りいただき、ほんと
　　 うに恐れ入ります。

(93) わざわざお見送りいただき、申し訳ありません。

(94) いろいろお世話になりました。ほんとうにありがとう
　　 ございます。

(95) お別れするのが名残惜しくなりました。

(96) 時間がきたようです、どうぞ中へお入りください。

(97) それでは。失礼いたします。

6. 送　行

83. 回去時一路小心。
84. 請代我向大家（您家裡人、您先生、您夫人、您孩子）問
　　 好。
85. 咱們就要分手了。
86. 回去以後，請向大家問好。
87. 您的行李就這些嗎？

88. 沒忘什麼東西吧。

89. 我不能到機場送您，祝您一路平安。

90. 明天我不能送您，祝您一路平安。

91. 明天我到機場送您。

92. 您在百忙中還專程來送我，實在不敢當。

93. 您專程來送我，太謝謝了。

94. 承蒙多方照顧，實在太謝謝了。

95. 要分手了，真有些依依不捨啊。

96. 時間到了，您該進去了。

97. 那麼，再見了。

簡單注釋：

①お忙しいところをわざわざお見送りいただき：這是一種常
用的表示謝意的客套話，感謝對方在百忙中抽時間為自己做
某事。注意此時助詞用〝を〞。類似的說法還有〝わざわ
ざ〞遠いところをありがとうございました／謝謝您特意遠
道而來。

②お別れするのが名残惜しくなりました：〝お別れするの
が〞的〝の〞稱為〝準體助詞〞（也有人稱其為〝形式體
言〞），它的作用是將前面的動詞句名詞化，進而在句中和
其他名詞一樣，接續格助詞成為句中的主格、賓格等成分。

7. 税関で

（98）機内でもらった入国カードが見つからないのですが、
　　　もう一枚もらえませんか。

（99）入国手続きはここに並べばいいのですか。

（100）わたしの旅券と入国カードはこれです。

（101）私の荷物はこれで全部です。

（102）荷物はトランク二つと、このスーツケースだけです。

（103）トランクには衣類とおみやげなどが入っています。開
　　　けましょうか。

（104）税金がかかるものはもっていないと思います。

（105）どういう品物が税金かかるのでしょうか。

（106）税金は日本円でないといけないのですか。

7. 在 海 關

98. 我在飛機上領的入境卡不見了，還可以再領一張嗎？

99. 辦理入境手續是在這裡排隊嗎？

100. 這是我的護照和入境卡。

101. 我的行李就這些。

102. 我的行李只有兩個大皮箱和這個旅行箱。

103. 皮箱裡裝的是一些衣服和送人的禮品等，需要打開嗎？

104. 我沒帶需要上稅的東西。

105. 有哪些東西需要上稅啊。

106. 上稅必須付日圓嗎？

簡單注釋：

①荷物はトランク二つと、このスーツケースだけです：〝ト
ランク〞和〝スーツケース〞都是旅行用的箱子。一般來
講，〝トランク〞比較大，豎起來時可將西服等用衣架掛在
箱內。〝スーツケース〞相對小一些，可將衣服平放箱內而
不起褶。

②税金は日本円でないといけないのですか：〝～ないといけ
ない〞是一個慣用句型，意是〝不……就不行〞、〝非……
不可〞。

8. ホテルで

(107) 部屋は空いていますか。

(108) シングルでいいです。

(109) ダブルにしてください。

(110) 静かな部屋をお願いします。

(111) 日当たりのいい部屋ならどの階でもけっこうです。

(112) わたしの荷物を先に部屋へ運んでおいていただけますか。

(113) 部屋を替えたいのですが、お願いします。

(114) わたしになにかメッセージが入っていませんでしたか。

(115) クリーニングをお願いしたいのですが、時間はどれくらいかかりますか。

(116) 夕食は部屋まで届けていただけますか。

(117) 明日の朝は六時に起こしていただけますか。お願いします。

(118) 午後三時に山田様という方がたずねてくることになっているのですが、この荷物を渡していただけますか。お願いします。

（119）チェックアウトは何時<ruby>何<rt>なん</rt></ruby><ruby>時<rt>じ</rt></ruby>までにしなければならないので
すか。

8. 在　飯　店

107. 有空房間嗎？
108. 單人房就可以。
109. 請給我一間雙人房。
110. 請給我一間安靜的房間。
111. 只要房間採光好，哪一層都沒關係。
112. 請先把我的行李搬到房間裡去好嗎。
113. 對不起，我想換一個房間。
114. 有給我的留言嗎？
115. 我有衣服想送洗，需要多少時間可以洗好？
116. 晚飯可以送到房間裡嗎？
117. 請明天早上 6 點鐘叫我起來，謝謝。
118. 下午 3 點有位叫山田的先生要來找我，請您把這件行李交
　　 給他。謝謝。
119. 必須在幾點鐘之前退房啊？

簡單注釋：

①シングルでいいです：〝～でいいです〞是一個慣用句型，
　表示如上述條件就可以了。〝シングル〞是放有一張單人床
　的單人房間。下一句的〝ダブル〞是放有一張雙人床的房
　間。放有兩張單人床的雙人房間，日語説：〝ツイン（ルー

ム）〝。

②わたしの荷物を先に部屋へ運んでおいていただけますか：

　〝おく〞作為補助動詞用在動詞連用形加〝て〞的形式後，
表示預先做好某種準備工作的意思。如〝手紙で頼んでおく
／先寫信拜託一下〞、〝その人に電話をかけておいてうか
がったほうがいいでしょう／先打個電話給他再去拜訪較好
吧〞。

9. 銀行で

（120）すみません。両替していただけますか。

（121）こちらで両替できますか。

（122）アメリカドルをイギリスのポンドに替えたいのですが。

（123）それからこの香港ドルを日本円に替えてください。

（124）すみません。できたら全部一万円札でお願いできますか。

（125）申し訳ありませんが、この一万円を五千円札と千円札に替えていただけますか。

（126）すみません。トラベラーズ・チェックをつくるのはこ
　　　こでよろしいんでしょうか。

（127）普通預金の口座を開きたいのですが、こちらでよろし
　　　いですか。

（128）キャッシュカードもいっしょにつくってください。

（129）印鑑を持ってないんですが、サインでもよろしいです
　　　か。

（130）外国へ送金したいのですが、どのカウンターですか。

9. 在 銀 行

120. 對不起，可以換錢嗎？
121. 這裡可以換錢嗎？
122. 我想把美元換成英鎊。
123. 另外，請把這些港幣換成日圓。
124. 對不起，最好能給我全是一萬元的鈔票。
125. 對不起，能把這一萬日圓換成五千日圓和一千日圓的嗎？
126. 請問可以在這裡辦理旅行支票嗎？
127. 我想辦一個活期存款的戶頭，可以在這裡辦嗎？
128. 請一起幫我辦提款卡。
129. 我沒有圖章，簽字可以嗎？
130. 我要匯款到國外，在哪個櫃台辦啊？

簡單注釋：

①できたら全部一万円札でお願いできますか：〝できたら〟
是動詞〝できる（能、能够、辦得到）〟的連用形加〝た
ら〟，表示假定條件，意為〝如果可能的話〟。

②印鑑を持ってないんですが：〝持ってない是〝持っていな
い〟的口語形式，意為〝沒有、沒帶〟。

10. 郵便局で

(131) すみません。62円の切手三枚と41円の切手五枚ください

(132) それから、ハガキを二枚ください。

(133) すみませんが、絵はがきを見せていただけませんか。

(134) すみません。便箋と封筒はおいていますか。

(135) （手紙を差し出して）これを航空便でお願いします。

(136) （手紙を差し出して）これを船便でお願いします。

(137) （手紙を差し出して）重量が超過していると思いますので、計ってみてください。

(138) 切手をはった手紙はこのままポストに入れればいいのですか。

(139) 小包はどこで送ったらいいですか。

(140) 小包を送りたいのですが、重量制限は何キロまででしょうか。

(141) 小包の大きさはどの程度までいいのでしょうか。

(142) ××へ送りたいのですが、何日ぐらいかかりますか。

(143) 航空便で送りたいのですが、いくらかかりますか。

（144）船便なら郵送料はいくらかかりますか。

（145）電報を打ちたいのですが、電文は××語でもいいので

しょうか。

10. 在 郵 局

131. 麻煩請給我三張 62 日圓和五張 41 日圓的郵票。

132. 另外，再給我兩張明信片。

133. 麻煩請給我看一看這種彩圖明信片。

134. 請問，有信紙和信封嗎？

135. （拿出信）請幫我寄航空信。

136. （拿出信）請幫我寄海運。

137. （拿出信）這封信可能超重了，請你稱一下。

138. 貼了郵票的信可以直接投到郵筒裡嗎？

139. 包裹在哪裡寄啊？

140. 我想寄包裹，額定重量是幾公斤啊？

141. 包裹的大小有規定嗎？

142. 我要寄到××，幾天能寄到啊？

143. 我要寄航空，郵資多少？

144. 寄海運的話郵資多少？

145. 我要打一封電報，電文用××語可以嗎？

簡單注釋：

①62円の切手三枚と41円の切手五枚ください：在日語中，數
　量詞一般習慣於用作副詞修飾動詞。像這種情況，日語一般

不説〝三枚の62円の切手と五枚の41円の切手をくださ
い〟。

②絵はがきを見せていただけませんか：〝絵はがき〟指帶有
照片或彩圖的藝術明信片。作為一般信件使用的普通明信片
稱為〝はがき〟。另外，用作賀年片的明信片叫〝年賀（ね
んが）はがき〟。

11. 電話をかける

もしもし…

(146) もしもし、田代先生のお宅でしょうか。田代先生はご在宅でしょうか。

(147) もしもし、山口さんのお宅でしょうか。夜分遅く申し訳ありません。わたくし、王ですが、山口さん、いらっしゃいますでしょうか。

(148) もしもし、山田さんのお宅でしょうか。朝早くから申し訳ありません。山田太郎さんはご在宅でしょうか。

(149) もしもし、××会社でしょうか。わたしは王と申すものですが、営業課の中村課長をお願いしたいのですが…。

(150) もしもし、わたしは張と申すものですが、恐れいりますが、研究室の中野さんをお願いしたいのですが…。

(151) （相手が電話に出る）もしもし、中野さんですか、わたくし張です。お忙しいところ、どうもすみません…実は…

(152) （同上）もしもし、中野さんですか、わたくし張です。お呼びたてして申し訳ございません。実は…

(153) （相手が不在のとき）そうですか、それでは、またのちほどお電話いたします。

(154) （同上）そうですか、それでは急ぎませんので、また夜にでもお電話致します。

(155) （同上）そうですか、それではあらためてまたお電話いたします。失礼いたしました。

(156) （同上）そうですか、それではお帰りになりましたら、私から電話があったことをお伝え願いますか、わたくし張と申します。よろしくお願いいたします。

(157) （同上）ご不在ですか、わかりました。それではお

手数ですが、伝言をお願いできますでしょうか。

（158）（終わりに）それではごめんください。

（159）（同上）では失礼いたします。

（160）（国際電話）もしもし、国際電話局ですか。××国
への国際電話を掛けたいのですが、コレクトコール
（相手払い）でお願いします。

11. 打 電 話

もしもし…（感）打電話時用的感嘆詞，相當於中文的〝喂〞。

146. 喂，是田代老師家嗎？田代老師在家嗎？

147. 喂，是山口先生家嗎？對不起這麼晚打擾您，我姓王，山
口先生在家嗎？

148. 喂，是山田先生家嗎？對不起一大早打擾您，山田太郎先
生在家嗎？

149. 喂，是××公司嗎？我姓王，請問營業部的中村課長在
嗎？

150. 喂，我姓張，麻煩請您幫我找一下研究室的中野先生。

151. （對方接電話）喂，是中野先生嗎？我是小張，不好意思
打擾您，是這樣子……

152. （同上）喂，是中野先生嗎？我是小張，叫您來聽電話真
對不起，是這樣子……

153. （對方不在時）這樣啊，那我過一會兒再打。

154. （同上）這樣啊，沒什麼急事，那我晚上再打。

155. （同上）這樣啊，那我待會再打，打擾了。

156. （同上）這樣啊，他回來以後，請您轉告他我打過電話給他，我姓張，謝謝您。

157. （同上）他不在啊，那麻煩您傳個話好嗎？

158. （打完電話）打擾您了。

159. （同上）再見。

160. （國際電話）喂，國際電話局嗎？我想打一通到××國的國際電話，對方付款。

簡單注釋：

①山田さんはおいででしょうか：〝おいで〟是動詞：いる（在）〟〝おる（在）〟的敬語形式。

②営業課の中村課長をお願いしたいのですが：打電話想找某人講話時，可以使用〝～をお願いしたいのですが〟。

③また夜にでもお電話します：〝夜にでも〟的〝でも〟是一個提示助詞‧表示不明説情況，只舉例提示。如〝お茶でも飲みましょうか／喝杯茶（什麼的）吧〟中的〝でも〟就屬於這種用法。

12. 電話を受ける

もしもし…。

（161）もしもし、張ですが…

（162）もしもし、王です。どちら様でしょうか。

（163）もしもし、××会社でございますが。

（164）失礼ですが、お名前は？

（165）失礼ですが、どちら様でしょうか？

（166）李さんですか、少々お待ちください。

（167）もしもし、お待たせいたしました、李です。

(168) もしもし、お電話かわりました、李です。

(169) もしもし、吉田課長は、ちょっと席をはずしているのですが…

(170) もしもし、大井はちょっと席をはずしているんですが、まもなく戻ると思います。もどってきたら、こちらからお電話させましょうか。

(171) もしもし、中村は出張中なんですか…。

(172) もしもし、中村は、ただいま外出中なんですが、何か伝言いたしましょうか。

(173) （最後に）それでは失礼いたします。

(174) （同上）ごめんください。

12. 接 電 話

161. 喂，我是小張。
162. 喂，我姓王，您是哪一位？
163. 喂，我是××公司。
164. 對不起。您叫什麼名字？
165. 對不起。您是哪一位？
166. 您找老李啊，請稍等。
167. 喂，讓您久等了，我是老李。
168. 喂，是我，我是老李。

169. 喂，吉田處長現在不在呀。

170. 喂，大井現在不在，可能一會兒就回來。等他回來了，讓他給您回電話吧。

171. 喂，中村出差了。

172. 喂，中村剛剛出去，有什麼事要轉告他嗎？

173. （打完電話）再見了。

174 （同上）對不起。

簡單注釋：

①お電話かわりました：這是用日語打電話時常説的一個習慣用語。用於別人接了電話，又叫自己去聽電話，這時一開頭習慣於用這樣一句話，直譯為〝換人聽電話了〞。

②ちょっと席をはずしているのですが：〝席をはずす〞意思是〝離開自己的座位〞。當對方要找的人不在時，可以這樣回答對方。

13. 道をたずねる

すみません（が）…。

あのう、…。

（175）すみません。ちょっとお伺いしたいんですが…。

（176）あのう、お尋ねしますが…。

（177）この近くに銀行はありますか。

（178）すみません。駅へ行くにはどう行けばよろしいでしょ
うか。

（179）すみませんが、駅へ行く道を教えていただけませんか。

(180) 駅までどのくらいありますでしょうか。

(181) 歩いたら、どのくらいかかりますか。

(182) お尋ねします。この辺に地下鉄の駅はありませんか。

(183) ちょっとお伺いします。地下鉄の駅はどう行ったらいいんでしょうか。

(184) あのう、申し訳ありませんが、この道を行けば、××デパートへ行けますか。

(185) 新宿に行くにはどこで乗り換えたらいいでしょうか。

(186) この通りはなんという通りですか。

(187) すみません、この辺は何番地でしょうか。

(188) すみません。この近くに××というアパートをご存知ないでしょうか。

13. 問 路

175. 對不起，跟您打聽一下。

176. 對不起，請問…。

177. 這附近有銀行嗎？

178. 請問，去車站怎麼走啊？

179. 對不起，您能告訴我去車站走哪條路嗎？

180. 到車站要多久時間啊？

181. 用走的要多少時間啊？

182. 請問，這附近有地鐵車站嗎？

183. 跟您打聽一下，去地鐵車站怎麼走啊？

184. 請問，走這條路能到××百貨公司嗎？

185. 請問去新宿到哪裡換車？

186. 這條路叫什麼路啊？

187. 請問，這一帶是多少號啊？

188. 對不起，您知道這附近有個××公寓嗎？

簡單注釋：

①駅へ行くにはどう行けばよろしいでしょうか：這句裡〝には〞的〝に〞表示動作的目的，〝は〞在這裡起加強語氣的作用。全句意為要去車站的話怎麼走好啊。

②この辺に地下鉄の駅はありませんか：這句問話使用了〝否定＋疑問〞的用法，一般來講，這樣問的時候，與用肯定問句相比較，帶有一種期待的心情，屬於一種確認的問句。

14. 人をたずねる（訪問）
ひと　　　　　　　　　　ほうもん

（189）ごめんください……

（190）（ノックする）ごめんください。陳さんいますか。
ちん

（191）（ノックする）田中さんはいらっしゃいますか。
たなか

（192）ごめんください。吉田先生はいらっしゃいますでしょ
よしだせんせい
うか。

（193）ごめんください。永井先生はご在宅でしょうか。
ながいせんせい　　ざいたく

（194）やあ、王さん久しぶりですね。どうぞお入りください。
おう　ひさ　　　　　　　　　　はい

（195）お久しぶりです。それでは失礼いたします。
ひさ　　　　　　　　　　しつれい

（196）ごぶさたしております。

（197）それでは、（ちょっと）お邪魔いたします。

（198）突然お伺いして申し訳ありません。

（199）お伺いしようと思いながら、すっかりご無沙汰してしまいました。申し訳ありません。

（200）このたび帰国いたしましたので、田舎から中国茶を持ってまいりました。わずかでございますが…。

（201）たいした品ではありませんが、中国の民芸品をおみやげに持ってまいりました。

（202）ご立派な書斎ですね。

（203）ここは静かで、環境がいいところですね。

（204）駅から近くて便利なところですね。

（205）いいお部屋ですね。

（206）（お茶を出されて）それでは遠慮なくいただきます。

（207）（お茶を出されて）いただきます。

（208）どうもすっかり長居してしまいました。

（209）もう時間ですから、ここで失礼させていただきます。

（210）それではどうもお邪魔いたしました。

（211）どうもお騒がせいたしました。

（212）では、失礼いたします。

14. 訪　　問

189. 有人在家嗎？

190. （敲門）有人在家嗎？老陳在嗎？

191. （敲門）田中先生在家嗎？

192. 對不起，吉田老師在嗎？

193. 有人在家嗎？永井先生在家嗎？

194. 啊，是小王，好久不見了。來，屋裡請。

195. 好久不見了，那，打擾您了。

196. 好久沒來看您了。

197. 那，就稍微坐一會兒。

198. 突然造訪，實在不好意思。

199. 幾次想來都沒來成，實在抱歉。

200. 前幾天我回國一趟，從家鄉帶了些中國茶來，實在不成敬意。

201. 不是什麼好東西，帶了點中國工藝品來。

202. 您這書房真漂亮啊。

203. 這一帶很安靜，環境真不錯啊。

204. 您這兒離車站很近，真方便啊。

205. 您這房間真不錯啊。

206. （主人端出茶來）那我就不客氣了。

207. （主人端出茶來）謝謝您了。

208. 一待就待了這麼長時間。

209. 時間不早了，就此告辭了。

210. 打擾您了。

211. 打擾您了。
212. 再見。

簡單注釋：

①お伺いしようと思いながら、すっかりご無沙汰してしまい
　ました：接續助詞〝ながら〞接動詞連用形後，除表示〝一
　邊……一邊……〞的意思以外，還可以表示〝雖然……〞、
　〝儘管……〞等逆轉的意思。這時上接的動詞一般是狀態性
　較強的動詞，如〝金がありながら貧しそうな生活をしてい
　る／儘管有錢，卻過著貧苦生活〞。表示這種意思時，有時
　還可以直接接在形容詞後面，如〝体は小さいながら力があ
　る／個頭小卻很有力氣〞。
②いただきます：〝いただきます〞原意是〝領受〞、〝受
　用〞〝蒙……賜給……〞。進而形成一個日常用語。日本人
　在吃飯之前，或如 207 句的情形時，習慣使用〝いただきま
　す〞意思是〝我吃了〞〝我受用了〞，但如直譯，不符合中
　國人的習慣，所以姑且譯為〝謝謝您了〞。
③失礼させていただきます：這是由使役態的連用形如〝～て
　いただく〞構成的形式。直譯為〝請您允許我做……〞。日
　本人在提出一些要求時常常使用這種形式，如〝今日の会議
　に参加させていただきます／我想參加今天的會議（請允許
　我參加今天的會議）〞，這樣顯得語氣婉轉、客氣、有禮
　貌。

15. 相手の気持ち・意志をたずねる

(213) 何かお飲みになりませんか。

(214) なにを召し上がりますか。

(215) なにか召し上がりませんか。

(216) コーヒーとお茶、どちらにしますか。

(217) お茶はいかがですか。

(218) お昼はどこで食事をしましょうか。

(219) たばこを吸ってもいいですか。

(220) ××さんは卒業したらどうしますか、すぐに就職す

るつもりですか。

(221) 仕事が終わったら、映画でも見に行きませんか。

(222) お手伝いしましょうか。

(223) おいしいですよ。食べてみませんか。

(224) 散歩にでも行きませんか。

(225) 冬休みはどこへ行くつもりですか。

(226) 電話を貸していただけないでしょうか。

(227) 何時にお伺いしたらよろしいですか。

(228) 土曜日の音楽会にはわたしも行くつもりですが、××

さんも行きませんか。

15. 詢問對方的心情或意向

213. 您不喝點什麼嗎？

214. 您吃點什麼？

215. 您不吃點兒什麼嗎？

216. 您是喝咖啡，還是喝茶？

217. 喝點兒茶好嗎？

218. 午飯我們在哪兒吃啊？

219. 可以抽煙嗎？

220. ××你畢業以後準備做什麼啊，馬上工作嗎？

221. 下了班以後，去看場電影，好嗎？

222. 我來幫您吧。

223. 很好吃哦，你不吃點兒嗎？

224. 出去散散步，好嗎？

225. 放寒假時你打算去哪兒啊？

226. 可以借電話用用嗎？

227. 我幾點來好啊？

228. 我也準備去聽星期六的音樂會，××你也去嗎？

簡單注釋：

①何かお飲みになりませんか：這句裡的〝否定＋疑問〞的形
　式，表示一種勸誘，直譯時可譯為〝您不喝點兒什麼嗎？〞

②たばこを吸ってもいいですか：接續助詞〝ても〞接在動詞

連用形（有音便的動詞接音便形式）後，表示逆態假定前提，意為〝即使…也…〞〝縱然…也…〞。〝～てもいいですか〞成為一種慣用句型，表示請求，意為〝即使這樣做也可以嗎？〞

③すぐに就職するつもりですか：〝つもり〞意為〝打算〞、〝意圖〞，常以〝動詞連體形＋つもりです〞的形式表示〝打算…〞的意思。

16. 質問

(229) これはなんですか。

(230) ここはどこですか。

(231) この花はさくらの花ですか。

(232) あなたのペンはどれですか。

(233) タバコをお吸いになりますか。

(234) 中野さんはお酒は飲まれますか。

(235) 中華料理はお好きですか。

(236) 山田さんはどの方でしょうか。

(237) あの方が田中さんですか。

(238) あの方はどなたですか。

(239) あの人はだれですか。

(240) あなたは日本の方ですか。

(241) あのかたも日本の方ですか。

(242) この女のお子さんはどなたのお子さんですか。

(243) 夏休みはいつからですか。

(244) この本は、どなたの本かご存知ありませんか。

(245) くだものは何がお好きですか。

（246）リンゴと梨は、どちらが好きですか。

（247）コーヒーは好きではありませんか。

（248）私に手紙が来ていませんか。

（249）わたしが行かなかった理由はなんだと思いますか。

（250）その理由を説明していただけますか。

（251）なにが原因で彼は来ないのでしょうか。

（252）あなたの考えをお教え願えませんか。

（253）わたしをまだ覚えておいでですか。

（254）わたしのことをお忘れになりましたか。

（255）彼とは前からのお知り合いですか。

（256）あなたのお知り合いの中に中野進さんという方はおり

ませんか。

（257）少し熱があるようですが、喉は痛くありませんか。

（258）父の病状について、はっきり教えていただけせんか。

（259）これはだれの本ですか。

（260）このペンはだれのですか。

（261）ペンはどこにありますか。

（262）その本はなんの本ですか。

（263）どれがあなたの本ですか。

（264）事務室にはだれかいますか。

（265）箱の中になにかありましたか。

（266）傘はどこに置いてありますか。

（267）机の上にインクはありませんか。

（268）石田さんはどこに住んでいるか、ご存知ですか。

（269）この近くに本屋さんはありますか。

（270）昨日、誰か来ませんでしたか。

（271）五千円しかありませんが、これで足りますか。

（272）航空券の予約はしましたか。

（273）「敦煌」という本は、お読みになりましたか。

（274）帰国の日取りはもう決まりましたか。

（275）北京に行かれたことはございますか。

（276）何か、お困りですか。

（277）長谷川さんのふるさとはどちらですか。

（278）このバスは××大学へ行きますか。

（279）以上の説明でおわかりになりましたでしょうか。

（280）電車の乗り方を教えてもらえますか。

（281）どこか具合でも悪いのですか。

（282）先生は研究室にいらっしゃいますか。

（283）先生は今日はいらっしゃるでしょうか。

（284）デパートは何時に開きますか。

（285）どなたをお探しですか。

（286）一泊おいくらですか。

（287）全部でおいくらですか。

（288）どれがあなたのですか。

（289）これはいくらですか。

（290）食堂はどこにありますか。

（291）朝は何時に起きますか。

（292）学校は何時にはじまりますか。

（293）会社は何時からですか。

（294）先週の日曜日はどこかへ行きましたか。

（295）今日の新聞を見ましたか。

（296）昨晩はよく眠れましたか。

（297）彼とどんな話しをしましたか。

16. 詢　　問

229. 這是什麼？
230. 這是什麼地方？
231. 這花是櫻花嗎？
232. 你的鋼筆是哪一支？
233. 您抽煙嗎？
234. 中野先生您會喝酒嗎？

235. 您喜歡吃中國菜嗎？

236. 山田先生是哪一位啊？

237. 那一位就是山田先生嗎？

238. 那一位先生是誰呀？

239. 那人是誰呀？

240. 您是日本人呀？

241. 那一位也是日本人嗎？

242. 這個女孩子是誰的孩子啊？

243. 暑假從什麼時候開始啊？

244. 您知道這本書是誰的書嗎？

245. 您喜歡吃什麼水果啊？

246. 您是喜歡吃蘋果呢？還是喜歡吃梨啊？

247. 您不喜歡喝咖啡嗎？

248. 沒有我的信嗎？

249. 你知道我為什麼不去嗎？

250. 你能告訴我為什麼嗎？

251. 他為什麼不來呀？

252. 你能把你的想法告訴我嗎？

253. 您還記得我嗎？

254. 您不記得我了嗎？

255. 您以前就認識他嗎？

256. 您認識的人裡面有位叫中野進的先生嗎？

257. 你有點兒發燒，喉嚨痛嗎？

258. 您能把我父親的病情明確地告訴我嗎？

259. 這是誰的書。

260. 這支鋼筆是誰的？

261. 鋼筆在哪兒？

262. 那本書是什麼書？

263. 哪一本書是你的書？

264. 辦公室裡有人嗎？

265. 箱子裡有什麼東西嗎？

266. 雨傘放在什麼地方？

267. 桌子上有墨水嗎？

268. 您知道石田先生住在什麼地方嗎？

269. 這附近有書店嗎？

270. 昨天沒有人來嗎？

271. 只有五千日圓，够嗎？

272. 預定飛機票了嗎？

273. 您看了≪敦煌≫這本書嗎？

274. 回國的日期定了嗎？

275. 您去過北京嗎？

276. 有什麼需要我幫忙的嗎？

277. 長谷川先生的家鄉是什麼地方呀？

278. 這輛公車有到××大學嗎？

279. 以上說明您聽明白了嗎？

280. 你能告訴我怎麼坐電車嗎？

281. 你哪兒不舒服？

282. 老師在研究室嗎？

283. 老師今天來嗎？

284. 百貨公司幾點開門？

285. 您找誰呀？

286. 住一晚多少錢？

287. 一共多少錢？

288. 哪一個是你的？

289. 這個多少錢？

290. 餐廳在哪裡？

291. 早上幾點起床？

292. 學校幾點上課？

293. 公司幾點上班？

294. 上星期日你出門了嗎？

295. 你看今天報紙了嗎？

296. 昨天晚上好睡嗎？

297. 你跟他談了些什麼？

簡單注釋：

①事務室にはだれがいますか：日語中〝だれ（誰）〞、〝なに（什麼）〞、〝どこ（哪裡、什麼地方）〞這些詞主要用於單純的疑問。而要表示不確定的〝某人〞、〝某物〞或〝什麼地方〞時，則在這幾個詞後加〝か〞。如〝だれか来たようだ／好像誰（有人）來了〞。〝なにかの理由でやめた／由於某種原因不做了〞。〝あの人はどこかで見たような気がする／那個人好像在什麼地方見過〞。

②五千円しかありませんが：副助詞〝しか〞與後面的否定語相呼應，表示限定，意為〝只…〞〝僅…〞。如〝たった一つしかない／只有一個〞、〝これはぼくしか知らない話だ／這事只有我知道〞。

③北京に行かれたことはございますか：〝ございます〞是〝あります（有）〞的敬語。〝～たことがある〞是一個句型，意為〝曾經……過……〞。

17. すすめる

どうぞ。

いかがですか。

（298）お茶をどうぞ。

（299）ご遠慮なくどうぞ。

（300）ご遠慮なくお召しあがりください。

（301）どうぞくだものでも召し上がってください。

（302）あの映画はいい映画です。見ていても損はしないでしょ

う。

（303）あの人なら間違いないでしょう。

（304）売り切れるといけないから、買っておいたほうがいい
　　　　ですよ。

（305）あの本はわたしも見ましたが、たいへん勉強になり
　　　　ますよ。

（306）この本なら自信をもって推薦できます。

（307）彼についてはわたしが保証します。

17. 勧誘・推薦

298. 請喝茶。

299. 您請，別客氣。

300. 別客氣，請吃吧。

301. 請您吃點兒水果。

302. 那是一部好電影，看了決不虧。

303. 如果是那個人的話，沒問題。

304. 到時賣完了就不好，還是現在買比較好。

305. 那本書我也看過，很受用。

306. 我完全有信心向你推薦這本書。

307. 我保證他沒問題。

簡單注釋：

①買っておいたほうがいいですよ：〝ほう〞原意為〝方面〞
　、〝方向〞。使用〝～たほうがいい〞表示比較幾種做法，

此種做好為好的意思。可譯為〝最好…〞、〝…為好〞。如
〝医者に見てもらったほうがいい／最好請醫生看一下〞。
②彼についてはわたしが保証します：〝～について〞是一個
句型，表示〝關於…〞〝就…〞的意思。如〝この点につい
ては問題がない／關於這一點沒有問題〞。

18. 自己紹介

はじめまして…

…よろしくお願いいたします。

(308) はじめてお目にかかります。

(309) はじめまして、張です、よろしくお願いたします。

(310) はじめまして、中井です、こちらこそよろしくお願い
いたします。

(311) わたしは沈です。専門は脳外科です。どうぞよろしく
お願いします。

（312）すみません、名刺を忘れました。わたしは王と申します。よろしくお願いいたします。

（313）はじめてお目にかかります。わたしは××大学の李です。よろしくお願いいたします。

（314）申し遅れました、わたしは李と言います。××公司に勤めています。

（315）お会いできてたいへんうれしいです。

（316）お知り合いになれてたいへんうれしいです。

18. 自我介紹

はじめまして…（詞組）（初次會面時的寒喧語）初次見面…
よろしくお願いいたします（句）（常與〝はじめまして〞一起使用）請多多關照。

308. 第一次見到您。

309. 初次見面，我姓張，請多多關照。

310. 初次見面，我姓中井，也請您多多關照。

311. 我姓沈，專業是腦外科，請多多關照。

312. 對不起，我忘了帶名片，我姓王，請多多關照。

313. 第一次見到您，我是××大學的，我姓李，請多多關照。

314. 對不起，我姓李，在××公司工作。

315. 非常高興見到您。

316. 能認識您，我太高興了。

簡單注釋：

①こちらこそよろしくお願いいたします：〝こちら〞原意是
〝這裡、這邊、這方面〞，也可以用來指自己。〝こちらこ
そ〞意為〝我才…〞，成為寒喧語，用以回答別人對自己的
致意或道謝。

②申し遅れました：〝申し遅れる〞意為〝沒有及早告訴你〞
、〝說晚了〞。日本人進行自我介紹時常用此詞，特別輪到
自己較晚時或開始沒有直接作自我介紹，而從別的話題開始
進而又進行自我介紹時，如果直譯，顯得有些生硬，因而按
中文習慣，暫且譯為〝對不起〞。

19. 紹介する

（317）紹介します。母です。

（318）紹介します。わたしの姉です。

（319）紹介します。こちらは友人の陳さんです。

（320）クラスメートを紹介します。李さんと王さんです。

（321）会社の同僚を紹介します。こちらが李さんで、その
　　　向こうが江さんです。

（322）ここは大学の事務局です。

（323）総務課は廊下の奥にあります。

（324）この建物が図書館です。

（325）一階は学生用の閲覧室で、二階が教師用の閲覧室に
　　　　なっています。

（326）あの大きなビルの後ろに大学のグランドがあります。

（327）グランドの向こう側に見えるのが教室です。

19. 向人介紹

317. 我來介紹一下，這是我母親。

318. 我來介紹一下，這是我姐姐。

319. 我來介紹一下，這位是我的朋友，小陳。

320. 我給你介紹一下我的同學，小李和小王。

321. 我給你介紹一下我公司的同事，這位是老李，那邊那一位
　　　是老江。

322. 這裡是大學的辦公室。

323. 總務處在這個走廊的最裡邊。

324. 這棟建築物是圖書館。

325. 一層是學生閱覽室，二層是教師閱覽室。

326. 那座大樓後面是大學的操場。

327. 在操場對面的是教學樓。

簡單注釋：

①グランドの向こう側に見てるのが教室です：〝見える〟原
　意為〝看得見〟、〝能看見〟。此句直譯為〝在操場對面我
　們能看見的那個建築是教室〟。

20. 買い物

（デパートで）

（328）（案内係に）エレベーターはどちらですか。

（329）（案内係に）すみません。電話を掛けたいのですが、
公衆電話はどこでしょうか。

（330）（案内係に）婦人服売り場は何階ですか。

（331）グリーンのセーターがほしいのですが、見せてもらえ
ますか。

（332）色は気に入りましたが、もう少し大きなサイズはあり

ますか。

(333) 別のサイズはありませんか。

(334) サイズはいいのですが、もう少し明るい色がいいですね。

(335) この服、試着してもよろしいですか。

(336) この服、先日買ったものですが、サイズが合わないので交換していただけますか、申し訳ありません。

（スーパーマーケットで）

(337) （店員に）すみません、調味料はどこにありますか。

(338) （店員に）すみません、中国茶がほしいのですが、おいていますか。

(339) （店員に）すみません、食器類のコーナーはどこですか。

(340) （レジで）細かいのがないので、一万円でお願いします。

（肉屋で）

(341) すみません、この肉は豚肉ですか、牛肉ですか。

(342) この肉を500グラムほどください。

(343) 豚の小間切を250グラムお願いします。

(344) こちらの安いほうの牛肉を300グラムください。

（345）いいほうの肉を 150 グラムください。

（346）いっしょに包んでください。

（347）全部でおいくらになりますか。

（348）野菜炒めにはどの肉がいいでしょうか。

（349）申し訳ありませんが、一万円でおつりください。

（魚屋で）

（350）すみません、この魚はなんという魚ですか。

（351）その魚はちょっと高すぎて手が出ません。

（352）この鯖二匹お願いします。

（353）少し小さ目に切ってもらえますか。

（354）切らずにそのままでいいです。

（355）そのひらめをお願いします。大きいから二匹でいいで
す。

（356）この烏賊はおいくらですか。

（八百屋で）

（357）すみません、にんにくはありませんが。

（358）キャベツ一個と大根二本ください。

（359）すみませんが、この白菜は一個のお値段ですか、それ
ともはかり売りのお値段ですか。

（360）すみません。この白菜大きすぎるのですが、切り売り

できますか。

（電気屋で）

(361) あのう、１６インチか１８インチのテレビがほしいんですが、見せてもらえますか。

(362) 10万円ぐらいで、メーカーはどこのでもいいです。

(363) できたら、やはりいいメーカーがいいですね。でも、あまり高いのでも予算が足りないので困ります。

(364) これよりもう少し安いのはありませんか。

(365) もう少し大きいのはありませんか。

(366) こんなタイプで、違った色のものはありますか。

(367) 少しぐらい高くてもかまいませんが、もう少しいいのはありますか。

(368) それでは、こっちにします。

(369) ではこのテレビにします。

(370) 今日は一日留守にするので、明日の夕方にアパートまで届けていただけますか。

(371) できたら来る前にお電話をいただけるとありがたいのですが。

20. 購　　物

（在百貨公司）

328. （對導購員）電梯在哪裡？

329. （對導購員）對不起，我想打個電話，哪兒有公用電話啊？

330. （對導購員）婦女服裝在**幾樓**賣啊？

331. 我想買一件綠毛衣，能拿給我看看嗎？

332. 我蠻喜歡這個顏色的，有再大一號的嗎？

333. 有別的尺寸嗎？

334. 大小倒合適，有顏色再明亮一點兒的嗎？

335. 這件衣服可以試一試嗎？

336. 這件衣服是我前幾天買的，大小不合適，您能給我換一件嗎？麻煩您了。

（在超級市場）

337. （對店員）對不起，調味料放在什麼地方啊？

338. （對店員）對不起，我想買中國茶葉，您這兒有嗎？

339. （對店員）請問，餐具類貨台在什麼地方啊？

340. （在付款台）沒有零錢，拿一萬日圓找吧。

（在肉店）

341. 請問，這是豬肉，還是牛肉啊？

342. 這種肉請幫我稱 500 克。

343. 請幫我稱 250 克豬肉塊。

344. 請幫我稱 300 克這邊這個便宜一點的牛肉。

345. 請幫我稱 150 克好一點兒的肉。

346. 請幫我包在一起。

347. 一共是多少錢？

348. 炒菜吃哪種肉好啊？

349. 麻煩您找我一萬日圓的。

（在魚店）

350. 請問，這叫什麼魚啊？

351. 那魚太貴了買不下手。

352. 您給我兩條這青花魚。

353. 您能幫我切小點兒嗎？

354. 不用切，就那樣就行了。

355. 請給我那個比目魚。蠻大的，兩條就行了。

356. 這個烏賊多少錢啊？

（在菜店）

357. 請問，有大蒜嗎？

358. 請給我一個玻璃菜和兩條白蘿蔔。

359. 請問，這白菜的價錢是每一棵的價錢呢？還是論斤兩的價錢呢？

360. 對不起，這棵白菜太大了，能切著賣嗎？

（在電器商店）

361. 我想買一台 16 英寸或 18 英寸的電視，能讓我看看嗎？

362. 要 10 萬日圓左右的，什麼牌子的都行。

363. 最好能有好牌子的。但是，如果價錢太貴了我也沒帶那麼多錢。

364. 有比這個再便宜一點兒的嗎？

365. 有稍微再大一點兒的嗎？

366. 這種型號有不同顏色的嗎？

367. 稍微貴點兒也沒關係，有再好一點兒的嗎？

368. 那我就要這台了。

369. 那，我就要這台電視了。

370. 我今天一天不在家，你能明天傍晚送到我的公寓嗎？

371. 最好來之前能給我打個電話。

簡單注釋：

①色は気に入りましたが：〝気に入る〟是一個慣用句，意思是〝稱心、滿意、喜愛、喜歡〟。注意表示〝気に入る〟的對象時，要用助詞〝が〟（含強調、對比意時可用〝は〟）而不是用〝を〟。如〝どうして君はかの女が気にいらないのか／你為什麼不喜歡她呢〟。

②細かいのがないので：〝細かい〟意為〝細小、零碎〟。用於貨幣時表示零錢。

③その魚はちょっと高すぎて手が出ません：〝手が出ない〟是一個慣用句，意為〝無能為力〟〝無法辦到〟。

④少し小さ目に切ってもらえますか：這句裡的〝目（め）〟是個接尾詞，接在形容詞語幹下表示程度，如〝早目にかえる／早一點回去〟〝大き目のほうを選ぶ／挑選大一點兒的〟。

⑤切らずにそのままでいいです：〝切らずに〟的〝ず〟是一個助動詞，接動詞未然形後表示否定，相當於〝～ない〟。如〝無用の者入るべからず／閒人勿進〟〝留守を知らずに訪ねた／不知道他不在家而去拜訪〟。

⑥少しぐらい高くてもかまいませんが：〝かまう〟是一個動詞，常用否定形式〝かまわない〟或〝かまいません〟，意為〝不要緊〟、〝沒關係〟。

21. 美容院
ひ よういん

（372）パーマをお願いします。

（373）今日はお客さんが多いようですね、どのくらい待ちま
すか。

（374）シャンプーするだけでいいです。

（375）セットしてください。

（376）後ろをもう少し短くしてください。

（377）（写真を見ながら）こんな感じのヘアスタイルにして
ください。

（378）前髪はこのままでいいです。

（379）前髪はあまり短くしないでください。

（380）白くなっているところだけを染めてほしいのですが。

21. 美 容 院

372. 我想燙頭髮。

373. 今天顧客真不少啊，要等多久啊？

374. 只要洗頭就行了。

375. 請幫我吹頭髮。

376. 把後面的頭髮再稍微剪短一點兒。

377.（看著照片）請幫我做這種感覺的髮型。

378. 前面的瀏海這樣就行了。

379. 前面的瀏海別剪得太短了。

380. 只把白了的地方染一染就行了。

簡單注釋：

①シャンプーするだけでいいです：〝シャンプー〞是外來語，原指洗髮用的〝香波〞。〝シャンプーする〞成為一個動詞，意為〝洗髮〞。〝だけ〞是一個副助詞，表示只限於某範圍，意為〝只〞、〝僅僅〞。

22. 理髪店（床屋・散髪屋）

（381）今日は人が多いな。すみません。どのくらいかかりま

すか。

（382）（自分の頭を指しながら）これと同じ形でいいです。

（383）（自分の頭を指しながら）こんな感じで、後ろをもう

少し刈り上げてください。

（384）あまり短くしないでください。

（385）こめかみは短めにお願いします。

（386）角刈りをしてください。

（387）ひげだけ剃<ruby>剃<rt>そ</rt></ruby>りたいのですが、いいですか。

（388）ひげは剃<ruby>剃<rt>そ</rt></ruby>らなくていいです。

（389）すぐお<ruby>風呂<rt>ふろ</rt></ruby>に<ruby>行<rt>い</rt></ruby>くので、<ruby>頭<rt>あたま</rt></ruby>は<ruby>洗<rt>あら</rt></ruby>わなくていいです。

（390）<ruby>頭<rt>あたま</rt></ruby>は<ruby>洗<rt>あら</rt></ruby>うだけで、ドライヤーはしなくていいです。

22. 理 髮 廳

381. 今天人真多啊。請問要等多久？
382.（指著自己的頭）理一個跟這一樣的髮型。
383.（指著自己的頭）照這個感覺理，後面再稍微短一點。
384. 別理得太短。
385. 鬢角稍微剪短一些。
386. 請幫我理平頭。
387. 我只想刮鬍子，可以嗎？
388. 不用刮鬍子（鬍子用不著刮）。
389. 我馬上就去洗澡，不用洗頭。
390. 只要洗頭，不用吹風。

簡單注釋：

①ひげは剃らなくていいです：〝〜なくていい〟可以作為一個句型，意為〝不用…〟〝用不著…〟。

23. 病気
^{びょう き}

（391）顔色が悪いですね。

（392）どこか悪いのですか。

（393）どこか具合でもよくないのですか。

（394）気分でも悪いのですか。

（395）なんとなく気分がよくないのです。

（396）体がだるいです。

（397）なんだか風邪のようです。

（398）ちょっと風邪を引いたようです。

（399）風邪のようですが、喉が痛くてかないません。

（400）咳が止まりません。

（401）咳はあまり出ませんが、痰が多いです。

（402）横になると咳が多くてよく眠れません。

（403）鼻水がよく出て困ります。

（404）昨日から鼻づまりがして、熱も少し出るようになりました。

（405）手足がだるくて、関節が痛いです。

（406）頭がずきずきしてたまりません。

（407）熱はないようなんですが、頭が痛くてよく眠れません。

（408）熱があるようですが、高くはないようです。

（409）少し寒気がします。

（410）目まいがします。

（411）吐き気がします。

（412）食欲がありません。

（413）胸焼けがします。

（414）左の胸が締め付けられるように痛いときがあります。

（415）心臓は痛くありません。

（416）胃（腹・歯・耳・喉）が痛くて、昨夜はよく眠れませんでした。

（417）下痢をしました。

（418）子供のころに肺炎になったことがあります。

（419）ここのところが痛いときもあります。

（420）肝臓の近くを押さえると痛いです。

（421）痛くはないのですが、痒くてたまりません。

（422）足を捻挫してしまいました。

（423）指をくじいてしまいました。

23. 生　　病

391. 你臉色不太好看。

392. 哪兒不舒服嗎？

393. 有哪兒不舒服嗎？

394. 身體不舒服嗎？

395. 好像有點不舒服。

396. 全身無力。

397. 好像感冒了。

398. 好像有點兒感冒。

399. 像是感冒了，喉嚨痛得不得了。

400. 老咳個不停。

401. 倒是不怎麼咳嗽，可是痰特別多。

402. 一躺下就特別會咳，咳得睡不著。

403. 老流鼻涕，特別難受。

404. 昨天開始鼻子不通，好像還有點發燒。

405. 手腳無力，關節痛。

406. 頭陣陣地作疼，痛得不得了。

407. 好像沒發燒，可是頭疼得睡不著覺。

408. 有點發燒，但不高。

409. 有點發冷。

410. 頭暈。

411. 噁心（想吐）。

412. 沒有食慾。

413. 燒心（翻酸水）。

414. 有時左胸口疼，憋得慌。

415. 胸口不疼。

416. 昨天晚上胃（肚子、牙、耳朵、喉嚨）疼得沒睡好覺。

417. 拉肚子。

418. 小時候得過肺炎。

419. 這兒有時候也疼。

420. 肝部附近一按就疼。

421. 疼倒不疼，可是癢得不得了。

422. 腳扭傷了。

423. 手指扭傷了。

簡單注釋：

①なんとなく気分がよくないのです：〝なんとなく〞是一個
　副詞，意思是〝不知為什麼總覺得……〞。

②喉が痛くてかないません：〝かなう〞是個動詞，意思是〝
　敵得過〞、〝比得上〞。常以否定形〝かなわない〞或〝か
　ないません〞出現，意思與〝たまらない〞、〝たまりませ

ん"相近，表示"受不了"、"吃不消"。

③左の胸が締め付けられるように痛いときがあります：動詞
"締め付ける"：意為"勒緊"、"扎緊"，這裡用的是被
動形，意為"胸口被勒緊"。"ように"是助動詞"よう
だ"的連用形，表示"像…那様"、"如同…"的意思。

④肝臓の近くを押さえると痛いです："と"是接續助詞，接
在動詞終止形後，可表示"一……就……"的意思。如"年
を取ると記憶が鈍る／一上了年紀，記憶就減退"。

24. 診察（病院で）

(424) 内科（外科・歯科・皮膚科・婦人科・眼科・耳鼻科は何階ですか。

(425) 市販されているくすりを使っています。

(426) 薬局で買ったくすりを飲んでいますが、いっこうに効きません。

(427) 目まいがするのですが、血圧と関係があるのでしょうか。

(428) 体温計はわきの下に挟めばいいんですね。

（429）眠れなくて困っています。少し睡眠薬をください。

（430）小学五年のときに盲腸で手術をしたことがあります。

（431）便秘がちで困っています。

（432）なにかいい薬がないでしょうか。

（433）先生、胃に異常はないでしょうか。

（434）横っ腹をおさえると痛いんですか、どうしてなんでしょうか。

（435）注射は苦手なので、飲み薬にしていただけませんか。

（436）早く治るのなら、注射でも飲み薬でもどちらでもけっこうです。

（437）この薬は、食前に飲んだほうがいいですか、それとも食後に飲んだほうがいいですか。

24. （在醫院）看病

424. 内科（外科、牙科、皮膚科、婦産科、眼科、耳鼻喉科）在幾樓啊？

425. 用的是市面上出售的藥。

426. 我吃了藥局裡買的藥，可是一點兒也不管用。

427. 有點兒頭暈，跟血壓有關係嗎？

428. 體溫計挾在腋下就行了吧。

429. 老睡不著覺，您給我開點兒安眠藥吧。

430. 小學五年級時得了盲腸炎，做過手術（開過刀）。

431. 常常便秘，很不好受。

432. 有沒有好一點的藥啊。

433. 醫生，我的胃有毛病嗎？

434. 腹側一按就疼，您看是怎麼了。

435. 我怕打針，您能開口服藥嗎？

436. 只要快點好，打針、吃藥都可以。

437. 這藥是飯前還是飯後吃好呢？

簡單注釋：

①いっこうに効きません：〝いっこうに〞是個副詞，常與否定語呼應使用，表示〝完全〞、〝一點也……〞的意思。如〝いっこうに驚かない／毫不驚慌〞，〝いっこうにたよりがない／一點消息也沒有〞。

②便秘がちで困っています：〝がち〞是一個接尾詞，接在動詞連用形或名詞下，表示〝有……的傾向〞，意為〝容易……〞、〝好……〞、〝常……〞、〝多……〞。如〝若いものは極端に走りがちだ／年輕人容易走極端〞。〝あの人は留守がちです／他常不在家〞。

③注射は苦手なので：〝苦手〞意思是〝不擅長（某事物）〞。如〝わたしは数学は苦手だ／我最怕數學〞。

25. お見舞い

（438）気分はいかがですか。

（439）どんな具合ですか。

（440）まだ熱はありますか。

（441）熱は退きましたか。

（442）無理をしないようにしてください。

（443）お医者さんはなんと言っていますか。

（444）頭痛のほうはよくなりましたか。

（445）顔色がだいぶ良くなりましたね。

（446） 食欲のほうはどうですか。

（447） 食べたくなくてもできるだけ食べることです。

（448） ほんのわずかですが、これを召し上がってください。

（449） では、お大事に。

25. 探　　親

438. 你覺得身體怎麼樣？

439. 感覺怎麼樣？

440. 還發燒嗎？

441. 燒退了嗎？

442. 別勉強。

443. 醫生怎麼説啊？

444. 頭疼好了嗎？

445. 臉色好看多了。

446. 食慾怎麼樣？

447. 不想吃也得盡量吃點。

448. 就這一點兒，您把它吃了吧。

449. 那麼，您多保重。

簡單注釋：

①食べたくなくてもできるだけ食べることです：〝できるだ
け〞是一個詞組，意思是：〝盡量〞、〝盡可能〞。如〝で
きるだけ早く来てください／請盡可能早點兒來〞。

26. 返事

はい。

ええ。

いいえ。

はあ？

（450）××さん。

（451）はい。

（452）はい、なんでしょうか。

（453）はい、わたしですか。

（454）はい、お呼びでしょうか。

（455）今日の九時の授業は十時からに変更になりましたよ。

（456）はい、わかりました。

（457）はい、どうもありがとうございます。

（458）明日のクラス会は、いろいろとやることがあるので、
　　　　劉さんも早めに来てくれますか。

（459）はい、かしこまりました。

（460）はい、承知いたしました。

（461）劉さんも土曜日の音楽会に行きますか。

（462）はい、行きます。

（463）ええ、行くつもりです。

（464）いいえ、ちょっと都合があって残念ですが、行けないんです。

（465）そうですね、いま考えているところです。

（466）はあ、音楽会があるんですか？わたしはまだ聞いていないんですが。

26. 回　　答

450. ××先生。

451. 是。

452. 是的，什麼事？

453. 哎，是叫我嗎？

454. 哎，您叫我嗎？

455. 今天九點的課改成十點上了。

456. 好，知道了。

457. 知道了，謝謝。

458. 明天的班會有許多内容，小劉你也早點兒來吧。

459. 是，知道了。

460. 好的，明白了。

461. 小劉，你也去聽星期六的音樂會嗎？

462. 是的，我也去。

463. 哎，我也打算去。

464. 不，很可惜，我有點兒事不能去。

465. 嗯，我還沒想好呢。

466. 啊，有音樂會嗎？我還沒聽説呢。

簡單注釋：

①ちょっと都合があって残念ですが：〝都合〞是一個名詞，有〝情況〞、〝關係〞、〝理由〞等意。〝都合がある〞意思就是〝有某種情況（而不能）……〞。〝都合〞還經常使用〝都合がよい（方便）〞和〝都合がわるい（不方便）〞等形式。

②いま考えているところです：動詞連用形加〝ているところです〞表示〝正在……的時候〞的意思。〝考えているところです〞直譯為〝正在考慮呢〞，也就是説〝還沒考慮好呢〞。

27. あいづち

はい。

そうですね。

おっしゃる通りです。

ごもっともです。

なるほど。

（467）みんなのための会なのですから、わたしはみんなが参加できるようにするべきだと思うのですが、劉さんはどう思いますか。

（468）そうですね。わたしもその通りだと思います。

（469）そうですね。おっしゃる通りです。

（470）（はい）ごもっともです。

（471）ごもっともだと思います。

（472）そうですね。しかし、それは場合によりけりだと思うのですが。

（473）そうでしょうか？参加できない人もだいぶいると思うのですが。

（474）なるほど。道理はそうですが、都合で参加できない人

はどうなりますか。

(475) とにかく、原則として、参加するということにしては
いかがですか。

(476) なるほど、それはいい意見ですね。

(477) とんでもないです。思っていることを言ったまでです。

(478) いやいや、恐縮です。

(479) そうですか。

(480) そうですか？

(481) そうでしょうね！

(482) そうでしょうか？

(483) もちろん。

(484) 本当ですか？

(485) まさか。

(486) それはそれは。

27. 隨聲附和

467. 這是為大家開的會，所以我想應該讓大家都能參加。小
劉，你覺得怎麼樣？

468. 是啊，我也這樣考慮。

469. 是的，您説的完全正確。

470. （是）您説得很對。

471. 我覺得您説得很對。

472. 是這樣嗎？不過，我覺得也得看情況而定。

473. 那樣行嗎？我覺得有不少人不能參加呢。

474. 確實，從道理上來講是這樣，可是有事不能參加的人怎麼辦呢？

475. 那我們就定為原則上參加，你看怎麼樣？

476. 不錯，這倒是個好意見。

477. 哪兒的話，我不過談談我自己的想法而已。

478. 哪裡哪裡，不好意思。

479. 是啊。

480. 是嗎？

481. 是這麼回事啊。

482. 是這樣嗎？

483. 那當然了。

484. 真的嗎？

485. 會有這種事嗎？

486. 那可是太……。

簡單注釋：

①わたしはみんなが参加できるようにするべきだと思うのですが：〝べき〞是文言助動詞〝べし〞的連體形。在口語中接動詞終止形，表示〝應該〞的意思。注意，在接サ變動詞時，除有〝するべき〞的形式外，還常常使用〝すべき〞的形式。

②それは場合によりけりだと思うのですが：〝よりけり〞是

一個詞組，表示〝依……而定〞、〝要看……如何（不能一概而論）〞的意思。如〝買うかどうかは値段によりけりだ／買與不買取決於價格是否合適〞。〝冗談も時によりけりだ／開玩笑也要看時候〞。

③原則として、参加するということにしてはいかがですか：
〝原則として〞的〝として〞表示〝作為……〞的意思。〝ことにしては〞是句型〝ことにする〞的假定形。〝ことにする〞表示〝決定……〞的意思。

28. 話題を変える

さて……。

さっそくですか……。

話は（が）変わりますが…。

ところで…。

（487）さて、今日も一日が終わりました。これからゆっくり
映画でも見に行きませんか。

（488）さて、息抜きに散歩でもしましょうか。

（489）さっそくですが、時間がないので問題に入りますが、
よろしいですか。

（490）さっそくですが、急ぎますので要点だけを話します。

（491）話は（が）変わりますが、その後奥さんの体の具合
はいかがてすか。

（492）話は（が）変わりますが、就職の件はどうなりまし
た？

（493）ところで、昨日のサッカーの試合、どっちが勝ちまし
たか。

（494）ところで、悪いけど五千円ほど貸してくれませんか。

（495）そうそう、そう言えば、さっき奥さんから電話があって、今日はお客さんが来ているから時間どおりに帰ってきてほしいと言っていましたよ。

（496）そうそう、そう言えば昨日の話どうなりました？

（497）そのことで思い出したけど、夕方からの会にはちょっと出れなくなったので、替わりに断っておいてほしいんだけど、いいですか。

（498）そういえば、夜はパーティーがあるんでしょう。今日はこのへんにしておきましょうか。

（499）それはそうとして、明日の会には出られるでしょうね。

28. 改變話題

さて…（接續詞）（用以結束前面的話並轉入新的話題）那麼、却説、且説。

さっそくですが…（句）（用以馬上轉入正題）〝さっそく〟是副詞，原意為〝立刻〟、〝馬上〟、〝趕緊〟。

話は（が）変わりますが…（句）（我們）換一個話題。

ところで……（接續詞）（表示突然轉變話題）可是。

487. 好了，今天一天又結束了。下面，我們去看場電影輕鬆輕鬆，好嗎？

488. 下面，我們歇一會兒，出去散散步吧。

489. 沒有時間了，我們就趕緊進入正題，好嗎？

490. 我們要快點，下面我就只把要點談一下。

491. 我們換個話題，那以後，您夫人的身體怎麼樣啊？

492. 我們換個話題，你工作的事怎麼樣了？

493. 哎，我問你，昨天的足球賽誰贏了？

494. 哎，對不起，你能借我五千日圓嗎？

495. 噢，對了，剛才您夫人來電話，說是您家裡今天來了客人，希望您按時回家。

496. 對了，說到這兒我問你，昨天那件事怎樣了？

497. 說到這兒我想起來了，今天晚上的會我參加不了了，想請你替我請個假，行嗎？

498. 對了，今天晚上還有宴會呢。今天就到這兒吧。

499. 那個先不說，先說明天的會你能參加嗎？

簡單注釋：

①夕方からの会にはちょっと出れなくなったので：〝出れる〟是動詞〝出る（出去、出席）〟的可能態。一般情況，一段動詞的可能態是〝未然形＋られる〟，但在口語中，由於受五段動詞的影響，有些常用的一段動詞，也有使用〝未然形＋れる〟的形式。又如〝食べれる（能吃）〟、見れる（可以看）〟等等。

②それはそうとして：〝として〟除了有〝作為……〟的意思以外，還有〝暫且不談〟、〝姑且不論〟的意思。如〝冗談は冗談として／玩笑暫且不談〟。〝それはそれとして次に移りましょう／那暫且不說，轉入下一個議題吧〟。

29. 話題を戻す

（500）さっきのことですが、続きを聞かせてください。

（501）さっきの件に話を戻します。じつはわたしどもも日夜努力しておりますので、なんとか協力をお願いしたいというように思っております。

（502）さきほどの件ですが、なんとか考慮していただけませんでしょうか。

（503）話を戻しますが、さきほどの話し、その後どうなりましたか。

（504）さっきの話の続きですが、そんなわけで、彼女はどうしても仕事を続けたいと言っています。

（505）さっきの話の続きですが、その後なにか変更でもありましたか。

29. 回到原話題

500. 剛才那件事，請你繼續講吧。
501. 回到剛才那件事吧，其實我們也日夜努力著，希望你們盡量給予協助。

502. 剛才説的那件事，您能考慮考慮嗎？

503. 我們回過頭來説，剛才你説的那件事，後來怎麼樣了？

504. 我們接著剛才的話説，為此，她説無論如何也要繼續工作。

505. 接著剛才的話説，那件事後來有什麼變化嗎？

簡單注釋：

①なんとか協力をお願いしたいというように思っております：
　　“なんとか”是一個副詞，表示“想辦法”、“設法”的意思。如“なんとかしなければならない／總得想個辦法”。
　　“わたしはなんとかして明日までにこの仕事をおわらせたいと思う／我想設法在明天以前把這項工作做完”。

30. 話を聞き返す（確認）

(506) すみません、よく聞き取れなかったので、もう一度お願いします。

(507) すみません、よく聞こえなかったので、もう少し大きな声でお願いできますか。

(508) 申し訳ありませんが、ことばが難しくて、よく分からなかったので、もう一度わかりやすく話していただけませんか。

(509) すみません、××ということばがよくわからないのですが、どういう意味でしょうか。

(510) すみません。もう一度ゆっくりお願いします。

(511) すみません、日本語が上手ではありませんので、もう少しゆっくりお願いいたします。

(512) すみません、××というのは、どういう意味なのでしょうか。

30. 確　　認

506. 對不起，我沒聽清楚，請再説一遍。

507. 對不起，我沒聽見，請您再大聲點說好嗎？

508. 對不起，您的話太難懂，我沒聽明白，請您再說明白點兒好嗎？

509. 對不起，××這個詞我不明白，是什麼意思啊？

510. 對不起，請您再慢慢說一遍。

511. 對不起，我日語不太好，請您再講得慢一點。

512. 對不起，××是什麼意思啊？

簡單注釋：

①よく聞き取れなかったので：動詞〝聞き取る〞的主要意思是〝聽見、聽懂〞、〝聽後記住〞。而動詞〝聞こえる〞的意思主要是〝聽見〞。二者雖有相似之處，但仍有不同。

31. 話を途中で中断する

(513) 申し訳ありません（が）、急用が入りましたので、ちょっと失礼させていただきます。

(514) すみません、十分ほどで戻りますので、少々お待ちください。

(515) 電話が入りましたので、ちょっと失礼します。

(516) （電話が終わる）どうも、失礼いたしました。

(517) （同上）どうも、申し訳ありませんでした。ところで、さきほどのお話ですが…。

31. 中斷話題

513. 對不起，有點急事，失陪一下。
514. 對不起，我十分鐘左右就回來，請等我一下。
515. 電話來了，失陪一下。
516. （打完電話）對不起，失陪了。
517. （同上）實在對不起，那麼，接著説剛才那件事。

簡單注釋：

①十分ほどで戻りますので：〝ほど〟接在表示空間、時間、

數量的詞後面，表示〝大致的程度〞。〝十分ほど〞意思就是〝十分鐘左右〞。動詞〝戻る〞意思是從一個地方離開後又回到原來的地方。〝帰る〞是〝回家〞的意思。應注意二者的不同。

32. 相手の許可を乞う

(518) お名前をお聞かせ願えますか。

(519) その件について、もう少し詳しくお教えいただけませんか。

(520) わたしも参加したいのですが、いいでしょうか。

(521) （デパートで）この服、着て（試着して）みてもいいですか。

(522) 電話をお借りしてもよろしいですか。

(523) このパンフレット、いただいていってもよろしいですか。

(524) この箱を動かしてもかまいませんか。

(525) その写真、わたしにも見せてもらえますか。

(526) この本、来週まで、借りていてもいいでしょうか。

(527) 頭痛がしてたまらないのですが、午後の授業、休んでいいでしょうか。

32. 徵得對方允許

518. 能告訴我您叫什麼名字嗎？

519. 關於那件事，您能講得再詳細一點嗎？

520. 我也想參加，可以嗎？

521.（在百貨公司）我可以試試這件衣服嗎？

522. 可以借電話用嗎？

523. 我可以拿走這個小冊子嗎？

524. 可以挪一下這個箱子嗎？

525. 可以也給我看看那張照片嗎？

526. 這本書可以借到下禮拜嗎？

527. 頭疼得厲害，下午的課我想請假，可以嗎？

簡單注釋：

①頭痛がしてたまらないのですが：〞たまらない〞是動詞
　〞たまる（忍耐、忍受）〞的否定形，意思是〞忍受不了〞
　、〞……得不得了〞，如〞腹がへってたまらない／餓得要
　命〞。〞うれしくてたまらない／高興得不得了〞。

33. お礼

（528）ありがとうございます。

（529）まことにありがとうございます。

（530）ほんとうにありがとうございます。

（531）ごちそうさまでした。

（532）昨日はお見送りいただき、ありがとうございます（ました）。

（533）昨日はけっこうな物をいただき、ほうとうにありがとうございます。（ました）

（534）本日はお招きいただき、まことにありがとうございます（ました）。

（535）息子のことでいろいろとお世話いただき、まことに恐縮いたしております。

（536）先日はどうもごちそうさまでした。

（537）その節はいろいろとお世話になりました。ほんとうにありがとうございます。

（538）昨日はどうもごちそうさまでした。

33. 道　　謝

528. 謝謝。

529. 實在很感謝。

530. 實在太謝謝了。

531. 承蒙款待，謝謝。

532. 昨天，您給我送行，謝謝了。

533. 昨天，您送給我那麼珍貴的東西，太謝謝了。

534. 今天承蒙您的邀請，實在太謝謝了。

535. 我那小子承蒙您多方關照，實在是不敢當。

536. 那天承蒙您熱情款待，謝謝。

537. 那次承蒙您多方關照，太謝謝了。

538. 昨天承蒙您熱情款待，謝謝。

簡單注釋：

①先日はどうもごちそうさまでした：〝先日〞指的是〝前幾
　天〞或〝前些日子〞。日本人很習慣用這種詞。日本人不僅
　習慣於當時道謝，而且習慣於事後再次見面時道謝，這時不
　必明說哪一天，只說〝先日〞即可。類似的詞還有〝この間
　（上次）〞、〝この前（前些時候）〞等等。

34. お詫び

すみません。

申し訳ありません。

申し訳ございません。

ごめんなさい。

お許しください。

（539）すみません。

（540）申し訳ありません。

（541）ごめんなさい。

（542）お許しください。

（543）昨日の件、すっかり忘れておりました。ほんとうに申し訳ありません。

（544）遅れて申し訳ありません。

（545）ご迷惑をおかけして申し訳ありません。

（546）ご無理を言ってしまいましたが、ほんとうに申し訳ありません。

（547）電話するのを忘れました。すみません。

（548）書く場所をまちがえて、すみません。

（549）ご無沙汰して申し訳ありません。

（550）あんなことを言って、ほんとうにごめんなさいね。

（551）人違いをしてしまいました。どうも失礼しました。

（552）昨日は家を留守にして失礼いたしました。

34. 道　　歉

すみません（句）對不起。

申し訳ありません（句）對不起，抱歉。

申し訳ございません（句）對不起，抱歉。

ごめんなさい（句）對不起。

お許しください（句）請原諒。

539. 對不起。

540. 實在抱歉。

541. 對不起。

542. 請原諒。

543. 昨天那件事，我忘了一乾二淨，實在太抱歉了。

544. 我遲到了，對不起。

545. 給您添了麻煩，實在抱歉。

546. 我們的要求太過分了，實在抱歉。

547. 我忘了打電話，對不起。

548. 寫錯地方了，對不起。

549. 好久沒來拜訪了，實在抱歉。

550. 說了那樣不該說的話，實在對不起。

551. 認錯人了，實在對不起。

552. 昨天我沒在家，實在抱歉。

簡單注釋：

①ご迷惑をおかけして申し訳ありません："迷惑をかける"
是一個習慣搭配詞組，意思是"添麻煩"。

35. お願い・依頼

…いただけませんか。

…もらえませんか・もらえますか。

…くれませんか。

（553）すみませんが、さきほどの意見、もう一度聞かせてく
　　　れませんか。

（554）ご面倒ですが、陳さんが来たら、これを渡してもらえ
　　　ますか。

（555）わるいけど、出かけるときにこの手紙を出してくれま
　　　せんか。

（556）差し支えなければ、ぼくにも話してくれませんか。

（557）すみませんが、ちょっと手を貸してもらえませんか。

（558）日本語で話してくれませんか。

（559）もう少し簡単に説明していただけませんか。

（560）もっと詳しく話してくれませんか。

（561）もう少し分かりやすく、ゆっくり話してくれませんか。

（562）田中さんの意見をお聞かせ願えませんか。

（563）ご面倒ですが、もう一度この書類にサインをお願いし

ます。

（564）わるいけど、ついでにぼくの分も買ってきてくれませ
んか。

（565）申し訳ありませんが、彼に会ったら、電話をくれるよ
うに伝えてくれますか。

（566）お手数ですが、この書類を中井様にお渡しいただけま
すか。お願いします。

35. 求　　助

……いただけませんか（詞組）能為我做……嗎（語氣較敬
重）。

……もらえませんか・もらえますか（詞組）能為我做……嗎
（語氣比〝……いただけませんか〟要隨便一些）。

……くれませんか（詞組）能給我（幫我）做……嗎？

553. 對不起，剛才您發表的意見，能再說一遍嗎？

554. 麻煩您，如果陳先生來了，您能替我把這個交給他嗎？

555. 對不起，出門的時候，幫我寄這封信好嗎？

556. 如果方便的話，也能跟我說說嗎？

557. 對不起，幫個忙好嗎？

558. 請用日語講好嗎？

559. 您能給再講得簡單明瞭些好嗎？

560. 再講詳細點兒好嗎？

561. 講得再明白易懂，慢一點好嗎？

562. 田中先生的意見能講給我們聽嗎？

563. 麻煩您，在這文件上再簽一次名。

564. 不好意思，順便幫我也買一份回來好嗎？

565. 對不起，如果你見到他，請轉告他請他打電話給我。

566. 麻煩您，幫我把這個文件交給中井先生好嗎？拜託了。

簡單注釋：

①ちょっと手を貸してもらえませんか：〝手を貸す〞是一個
　慣用句，意思是〝幫助別人〞、〝幫一把手〞。如〝手を貸
　してバスに乗せる／帶人一把上車〞。

②ついでにぼくの分も買ってきてくれませんか：〝ついで
　に〞是一個副詞，意思是〝順便〞、〝順手〞。如〝ついで
　にやってしまう／順便做完〞，〝ついでにわたしのも書い
　てください／順便也把我的寫一下〞。

36. 断る・謝絶

あいにくですが…

せっかくですが…

手放せない用事があって…

先約がありますので…

風邪ぎみなので…

気分（具合・都合）が悪いので…

残念ですが（残念ながら）…

予算（お金）が足りないので…

両親（兄弟・主人・家内）も反対しているので…

いろいろ考えたのですが…

（567）あいにくですが、今のところそれだけの余裕がないので、お断りいたします。

（568）あいにくですが、明日は予定がありますので、わたくしは失礼させていただきます。

（569）せっかくですが、ご希望どおりにはいかないと思います。

（570）せっかくの好意ですが、お受けするわけにはいきませ

— 113 —

ん。

（571）せっかくのお招きですが、気分がすぐれないので、遠
慮させていただきます。

（572）申し訳ありませんが、明日はちょっと約束があってお
伺いすることができません。

（573）手放せない用事があって、どうしても行くことができ
ません。

（574）先約がありますので、申し訳ありませんが、遠慮させ
ていただきます。

（575）風邪ぎみなので、つぎの機会にいたします。

（576）残念ですが、今月はわたしもテレビを買って予算のや
りくりに困っているところなので、お貸しすることが
できません。

（577）ちょっと都合があって少し遅れると思いますが、よろ
しいですか。

（578）予算が足りないので、またつぎの時にでも考えます。

（579）わたしはいいんですが、妹がいやだというので、や
はり止めておきます。

（580）両親も反対しているので、このことはお断りするよ
り仕方がありません。

（581） 考えてみましたが、お断りすることにしました。

（582） 残念ですが、その意見に同意することができません。

（583） 今回は出席できませんが、お許しください。

（584） わたしも交際範囲が広くないので、残念ながら、紹介するところがありません。

（585） わたしもそれをお受けする自信がありません。

36. 謝　　絶

あいにくですが…（句）不湊巧……。

せっかくですが…（句）謝謝你一番好意，可是……。

手放せない用事があって…（句）現在手頭有事放不下……。

先約がありますので…（句）我事先有約了，所以……。

風邪ぎみなので…（句）有點感冒，所以……。

気分（具合・都合）が悪いので…（句）身體不太舒服……
　　（不太方便……）。

残念ですが（残念ながら）……（詞組）很可惜……。

予算（お金）が足りないので…（句）因為預算（錢）不够，
　　所以……。

両親（兄弟・主人・妻）も反対しているので…（句）因為我
　　父母（兄弟・丈夫・妻子）也不同意，所以……。

いろいろ考えたのですが…（句）我考慮了很久，可是……。

567. 不湊巧，我現在沒那麼多餘的錢，不要了。

568. 不湊巧，明天我有別的安排，不能去了。

569. 謝謝你一番好意，但是不能照你的想法去做。

570. 謝謝你一番好意，但是我不能接受。

571. 謝謝你一番好意，可是我今天不太舒服，就不去了。

572. 對不起，明天我另有約會，不能拜訪。

573. 手頭有點工作放不下，實在去不了。

574. 已經有約在先，對不起，我就不去了。

575. 有點感冒，下次有機會再説吧。

576. 很可惜，這個月我也正好買了電視，經濟上不太寬裕，不能借錢給你。

577. 稍微有點事，能晚一點到嗎？

578. 這次錢不够了，下次有機會再考慮。

579. 我倒沒什麽，可是我妹妹不願意，所以就算了。

580. 我父母也不同意，所以這件事就只好回絶了。

581. 我考慮了，還是決定回絶。

582. 很可惜，我不能同意那個意見。

583. 這次我不能參加，請原諒。

584. 我自己的交際範圍也不廣，所以很可惜，我也沒有地方給你介紹。

585. 我也沒有信心接受這項工作。

簡單注釋：

①お受けするわけにはいきません：“わけ”是一個名詞，可以表示“原因”、“理由”的意思。常以“わけにはいかない”的形式表示“（由於某種情形或原因而）不能……”的意思。如“君に上げるわけにはいかない／不能給你”。

②どうしても行くことができません：“どうしても”是一個

副詞，常與否定詞相呼應，表示〝怎麼也……〞、〝無論如何也……〞的意思。如〝この問題はどうしてもわからない／這個問題怎麼也弄不懂〞。〝～ことができる〞是一個句型，接在動詞連體型下，表示〝能够……〞。

③風邪ぎみなので：〝ぎみ〞是個接尾詞，接在名詞或動詞的連用形下，表示〝（覺得）有點……〞、〝稍微……〞的意思。如〝少し疲れぎみだ／覺得有點累〞。〝物価は上がりぎみだ／物價有點上漲的趨勢〞。

④このことはお断りするより仕方がありません：〝より〞是格助詞，表示限定，有〝除了……（以外）〞的意思。常與〝しかたがない（沒有辦法）〞、〝ほかにない（沒有別的路）〞等表達方式一起使用。如〝歩くよりしかたがない／除了步行沒有別的辦法（只好步行）〞。〝そうするよりほかにない／除了那樣做，別無他法（只好那樣做）〞。

37. 意志・意見

…ます・ません。

…と思います。

…と思っています。

…つもりです。

…つもりでいます。

…と考えています。

(586) 勉強が終わってからテレビを見ます。

(587) 試験の間絶対に映画を見に行きません。

(588) 今日は勉強したくありません。

(589) タバコは今日からきっぱりやめるつもりです。

(590) あなたの考え方には賛成できません。

(591) わたしにはどうしていいかわかりません。

(592) 今週中にこの本を読んでしまおうと思っています。

(593) 来月までには論文を書き上げるつもりでいます。

(594) 帰国前にはぜひ全国旅行をしようと考えています。

(595) 来年は××大学を受けようと思っています。

(596) 今晩はゆっくりテレビを見るつもりです。

（597）風邪なら、この薬がいいと思いますよ。

37. 表示意志・意見

…ます・ません（詞組）要……，不要……。

…と思います（詞組）我想，我認為……。

…と思っています（詞組）我想，我覺得……。

…つもりです（詞組）我打算……。

…つもりでいます（詞組）我正打算……。

…と考えています（詞組）我考慮，我認為……。

586. 做完功課以後我要看電視。

587. 考試期間我決不去看電影。

588. 今天我不想學習。

589. 我打算從今天起堅決戒煙。

590. 我不能同意你的想法。

591. 我不知道該怎麼辦。

592. 我想這星期內把這本書看完。

593. 我打算下個月之前把論文寫完。

594. 我想回國以前一定要到全國旅行一下。

595. 我想明年考××大學。

596. 今天晚上我打算好好看電視。

597. 如果是感冒的話，我覺得這種藥好。

簡單注釋：

①今週中にこの本を読んでしまおうと思っています：〝しまおう〞是補助動詞〝しまう〞的推量形，表示意志。補助動

詞〝しまう〞接在動詞連用形如〝て（有音便時為で）〞的形式下，表示把這個動作做完、做盡。如〝金は皆使ってしまった／錢都花光了〞。〝仕事をやってしまった／工作做完了〞。

38. 助言・注意

…ほうがいいです。

…ほうがいいでしょう。

…ほうがいいと思います。

…ほうがいいのじゃないでしょうか。

…たらどうですか・いかがですか。

…てください。

…ことです。

（598）どうせ買うのなら、いいほうがいいです。

（599）先に薬を飲んだほうがいいですよ。

（600）遅れるといけないから、早く行ったほうがいいでしょう。

（601）早めに医者に見てもらったほうがいいと思います。

（602）そんなに気にしないほうがいいと思いますよ。

（603）おみやげは民芸品のようなものが喜ばれるんじゃないでしょうか。

（604）大は小を兼ねるで、大きいほうがいいのじゃないでじょうか。

（605）食べてみたらどうですか。おいしいですよ。

（606）たばこは止めたほうがいいですね。

（607）それは両親と相談すべきです。

（608）説明書をよく読んでから動かしてください。

（609）暗いから足元に気をつけてください。

（610）お酒は飲み過ぎないことです。

38. 提　　醒

…ほうがいいです（詞組）最好……。

…ほうがいいでしょう（詞組）最好……吧。

…ほうがいいと思います（詞組）我想最好……。

…ほうがいいのじゃないでしょうか（詞組）是不是……為好
啊。

…たらどうですか・いかがですか（詞組）（你試着）……怎
麼樣啊。

…てください（詞組）請……。

…ことです（詞組）要……。

598. 反正要買，那還是買最好的。

599. 最好先吃藥。

600. 遲到了可不好，還是早點兒走的好。

601. 我覺得最好早點兒看醫生。

602. 我覺得最好不必那麼在意。

603. 禮品還是一些民間工藝品受歡迎吧。

604. 俗話説〝大能兼小〞，是不是還是大的為好啊。

605. 你吃吃看，很好吃哦！

606. 最好把煙戒了。

607. 這事應該和父母商量一下。

608. 請仔細讀過説明書以後再動。

609. 天黑，請注意脚下。

610. 喝酒不要過量。

簡單注釋：

①どうせ買うのなら：〝どうせ〞是一個副詞，表示總歸如此，別無選擇餘地。意為〝總歸〞、〝終歸〞、〝横豎〞、〝反正〞、〝歸根結底〞等等。如〝どうせ間に合わないのだから、ゆっくり行こう／反正來不及了，慢慢走吧〞。〝人間はどうせ死ぬのだ／人總歸是要死的〞。

②そんなに気にしないほうがいいと思いますよ：〝気にする〞是一個慣用句，意思是〝留心〞、〝介意〞。〝気にしない〞意思就是〝不介意〞、〝不在乎〞、〝漫不經心〞。

…いけません。

…ないでください。

…なさい。

…ください。

(611) 廊下で騒いではいけません。

(612) そんなに大きな声で話してはいけません。

(613) 大きな声を出してはいけません。

(614) 教室にテープレコーダーを持ち込んではいけません。

（615）木や花を折らないで下さい。

（616）通路に荷物を置かないでください。

（617）行儀の悪いことをしてはいけません。

（618）休むときはちゃんと断るようにしなさい。

（619）玄関でくつを脱いでください。

（620）部屋の中ではコートは脱いでください。

（621）教室では静かにしてください。

（622）授業中はものを食べてはいけません。

（623）授業中、席を立ってはいけません。

（624）もっと勉強しなさい。

（625）もっと早く起きないといけません。

（626）論文は、今週中に書き上げてください。

（627）次からは、もっと注意してください。

（628）第三課をもう一度読んでください。

（629）このことは誰にも言ってはいけません。

（630）酒を飲んだら車の運転をしてはいけません。

39. 禁止・命令

…いけません（詞組）不得……，不許……。

…ないでください（詞組）請勿……。

…なさい（詞組）請……，要……。

…ください（詞組）請……。

611. 不得在走廊上喧嘩。

612. 不許那麼大聲講話。

613. 不得大聲喧嘩。

614. 不許把錄音機帶進教室。

615. 請勿攀折花木。

616. 請不要把行李放在通道上。

617. 不許這樣沒有禮貌。

618. 要休息的話一定要事先請假。

619. 請在門口把鞋脫掉。

620. 在屋裡請把外套脫掉。

621. 在教室裡要保持安靜。

622. 上課時間不許吃東西。

623. 上課期間不許站起來。

624. 再好好學習。

625. 還得再早起一點兒。

626. 這星期之內，得把論文寫完。

627. 下一次要更加注意。

628. 請把第三課再念一遍。

629. 這件事不得告訴任何人。

630. 酒後不許開車。

簡單注釋：

①休むときはちゃんと断るようにしなさい："ちゃんと"是
一個副詞，有"規規矩矩"、"好好地"等意思。如"おま

えはここにちゃんと立っておいで／你在這裡規規矩矩地站着〞。〝戸をちゃんとしめなさい／把門好好關上〞。

②授業中はものを食べてはいけません：〝中〞是一個接尾詞，接在一些漢字詞彙後面，表示〝正在……〞、〝正在……中〞的意思。如〝會議中／正在開會〞。〝休暇中／假期之中〞。〝営業中／正在營業〞。〝修繕中／正在修理之中〞等等。

40. 誘い・招き

お暇でしたら……いかがですか・どうですか・ませんか・ま

しょうか・ましょうよ。

よろしかったら…同上。

（631）散歩にでも行きませんか。

（632）少し疲れましたね、コーヒーでも飲みに行きませんか。

（633）そうですね、行きましょうか。

（634）いや、今日中にやらなければならないことがあるの

で、お先にどうぞ。

(635) 夜、予定がなかったら、映画でも見に行きませんか。

(636) 明日の音楽会のキップが二枚あるのですが、いっしょに行きませんか。

(637) ありがとうございます。でも、親戚が来ることになっているので、せっかくですが、またつぎの機会にします。

(638) 土曜日の午後は何か予定がありますか。

(639) もし、予定がなかったら、いっしょに魚釣りに行きましょうよ。

(640) おもしろそうですね。わたしは下手ですが、ご一緒させてください。

(641) 今週の日曜日、みんなで××公園へ行くことになっているのですが、中村さんもご一緒しませんか。

(642) 来週の金曜日、お暇でしたら、うちへいらっしゃいませんか。

(643) これから買い物に行くんですが、よろしかったらいっしょに行きませんか。

40. 邀　　請

お暇でしたら…いかがですか。どうですか。ませんか・ましょ

うか・ましょうよ（句）如果您有空的話，⋯⋯怎麼樣，好嗎，⋯⋯吧。

よろしかったら…（同上）（句）如果可以的話⋯⋯（同上）

631. 我們去散散步，好嗎？

632. 有點兒累了，去喝杯咖啡吧，好嗎？

633. 是啊，走吧。

634. 不，我有點兒事必須今天做完，您先請吧。

635. 晚上沒有安排的話，我們去看電影，好嗎？

636. 我有兩張明天音樂會的票，我們一起去吧。

637. 謝謝你一番好意。不過，我有親戚要來，下次有機會吧。

638. 星期六下午有什麼安排嗎？

639. 如果沒有安排，我們一起去釣魚吧。

640. 那一定很有意思。我不太會，讓我跟你（們）一起去吧。

641. 這星期天，大家決定去××公園玩。中村先生不一起去嗎？

642. 下星期五，如果您有時間，請到我家來，好嗎？

643. 我現在要去買東西，如果可以的話，陪我一起去，好嗎？

簡單注釋：

①いっしょに魚釣りに行きましょうよ：此句裡的格助詞：
"に"表示動作的目的，去幹什麼？去釣魚。這時"に"要
接前一動詞的連用形，如"駅まで迎えに出る／到車站去迎
接"。"忘れ物を取りに家へ戻る／回家去拿忘了帶的東
西"。

②おもしろそうですね：助動詞"そうだ"接在形容詞、形容
動詞等的詞幹下，表示從外表看的樣子，意為"像是"、

〝似乎〞、〝好像〞，如〝嬉しそうな顔をして、どこへ行くんだ／瞧你那高興的樣子，上哪兒去啊〞。〝先生はとても元気そうでした／老師看起來很健康〞。

41. 写真を撮る

(644) いっしょに記念写真でも撮りましょうか。

(645) そこに並んでください。

(646) もう少し詰めてみてください。

(647) はい、それでいいです。

(648) それでは撮りますよ。

(649) もう一枚撮るので、そのまま動かないでください。

(650) 今度は自動シャッターで撮ります。わたしはいちばん
右に立ちますので、そこを少し開けてください。

（651）三脚を持ってこなかったので、自動シャッターを使えません。

（652）どなたかに押してもらいましょう。

（653）（近くの通行人に）すみません。シャッターを押してもらえませんでしょうか。

（654）バカチョンですから、押すだけでいいです。

（655）押すだけでけっこうです。

41. 照　　相

644. 我們一起照張紀念相吧。

645. 請你們在那裡排好。

646. 再稍微擠一擠。

647. 好，可以了。

648. 那，我就照了啊。

649. 再照一張，站着別動。

650. 下面我用自拍。我站在最右邊，把那兒稍微空出一點來。

651. 沒帶三脚架，沒法自拍。

652. 請誰按一下吧。

653. （向附近的過路行人）對不起，您幫我按一下快門好嗎？

654. 這是傻瓜相機，只要按一下就行。

655. 只要按一下就行。

簡單注釋：

①バカチョンですから、押すだけでいいです：〝バカ〟和〝チョン〟原意都是〝傻瓜〟、〝蠢貨〟。發明全自動照相機後，為了説明其使用方便，有人説〝バカでもチョンでも撮れる／連傻瓜、笨蛋都會照〟。這種説法流傳開後，人們把全自動照相機就俗稱為〝バカチョン〟了。〝～だけでいい〟意思是〝只要……就可以了〟。

42. 喉が渇いた

（656）喉が渇きましたね。なにか飲みませんか。

（657）そうですね。冷たいものでも飲みたいですね。

（658）わたしはコーラーが飲みたいです。

（659）ぼくは熱いお茶がいいですね。

（660）この辺に喫茶店はないようですね。

（661）あそこの自動販売機で買ってきましょうか。

（662）どこか喫茶店に入りましょうか。

（663）（喫茶店で）すみません。ジュースふたつとコーヒー

ひとつお願いします。

（664）（喫茶店で）コーヒーは熱いのにしてください。

（665）（喫茶店で）コーヒーはアイスでお願いします。

42. 口渴了

656. 口渴了，喝點兒什麼嗎？

657. 是呀，我想喝點兒涼的。

658. 我想喝可樂。

659. 我要喝熱茶。

660. 這附近好像沒有咖啡館啊。

661. 我去那邊那個自動販賣機買來吧。

662. 還是進個咖啡館吧。

663. （在咖啡館）對不起，請來兩杯果汁和一杯咖啡。

664. （在咖啡館）咖啡要熱的。

665. （在咖啡館）咖啡要冰的。

簡單注釋：

①ぼくは熱いお茶がいいですね：日語中〝…は…が…〞這樣
的句型很多見。一般來講，〝…は〞的部分表示大主語（也
稱主題），〝…が〞的部分表示小主語，多為大主語（或主
題）的一部分。如〝象は鼻が長い／大象鼻子長〞就是其典
型的例子。但在日常生活中，〝…は…が…〞句型的前後邏
輯關係很複雜，不能一概而論。而且，在許多情況下，〝…

が"的部分還可以省略不説，全句的意思是根據説話的場景判斷。需要在學習時多加注意。

43. お腹が空いた

（666）おなかが空きましたね。

（667）なにか食べに行きましょうか。

（668）いっしょに食事しませんか。

（669）ラーメンでも食べに行きましょうか。

（670）今日はわたしがご馳走しましょう。

（671）今日はぼくのおごりだ。

（672）今日は割り勘にしましょうよ。

（673）（レストランで）メニューを見せてください。

（674）（レストランで）まずビールを二本_{にほん}ください。

（675）（レストランで）五目_{ごもく}そばを二人前_{ににんまえ}お願_{ねが}いします。

（676）（レストランで）盛_もりそばを三_{みっ}つお願_{ねが}いします。

（677）（レストランで）すみません。ライスをふたつ追加_{ついか}し

てください。

（678）（レストランで）急_{いそ}ぐので、早_{はや}めにお願_{ねが}いします。

（679）（レストランで）すみません。（お）勘定_{かんじょう}をお願_{ねが}い

します。

43. 肚子餓了

666. 肚子餓了。

667. 去吃點兒什麼吧。

668. 我們一起吃飯，好嗎？

669. 我們去吃碗麵吧。

670. 今天我請你吧。

671. 今天我作東。

672. 今天各付各的吧。

673. （在飯館）請讓我看一下菜單。

674. （在飯館）先來兩瓶啤酒。

675. （在飯館）來兩份什錦蕎麥麵。

676. （在飯館）來三個小籠蕎麥涼麵。

677. （在飯館）麻煩加兩碗白飯。

678. （在飯館）我們有急事，請給快一點兒上。

679. （在飯館）麻煩結一下帳。

簡單注釋：

①今日は割り勘にしましょうよ：〝割り勘〟是由〝割り前（應攤的份兒）勘定（算帳）〟約合而成的詞，意思是〝分擔費用〟、〝大家均攤〟。我們也稱其為〝ＡＡ制〟。在日本大家一起用餐時，很習慣於這種付費方法。

②五目そばを二人前お願いします：這裡〝前〟是一個接尾詞，接在表示〝人數〟的詞後面，表示〝（食物等的）份兒〟。如〝三人前の食事を用意した／準備了三人份的飯菜〟。

44. 誉める

（680）　いいですね。

（681）　（お）きれいですね。

（682）　かわいい。

（683）　（ご）立派ですね。

（684）　すばらしいですね。

（685）　おいしいですね。

（686）　（お）みごとですね。

（687）　（お）上手ですね。

（688）よく合ってますね。

（689）よく似合ってますね。

（690）この彫刻はいいものですね。

（691）りっぱなお庭ですね。

（692）きれいな奥さんですね。

（693）かわいいお子さんですね。

（694）あの方はご立派な方ですね。

（695）すばらしい景色ですね。

（696）おいしそうなお料理ですね。

（697）たいへんおいしいです。

（698）みごとな手さばきでした。

（699）松井さんの中国語、たいへんお上手ですね。

（700）君の論文、上手に書けてましたよ。

（701）その帽子、服とよく合ってますね。

（702）その服、よく似合ってますね。

44. 誇　　獎

680. 不錯（真好）。

681. 真漂亮啊。

682. 真可愛。

683. 真了不起。

684. 好極了。

685. 真好吃。

686. 真精彩。

687. 真棒。

688. 正合適啊。

689. 挺合身啊。

690. 這個雕刻真不錯啊。

691. 您這院子真不錯啊。

692. 您夫人真漂亮啊。

693. 您的孩子真可愛啊。

694. 他真了不起啊。

695. 這風景真漂亮。

696. 這菜看起來很好吃。

697. 特別好吃。

698. 手法真漂亮。

699. 松井先生的中國話說得真棒。

700. 你的論文寫得真不錯。

701. 那頂帽子和衣服挺配的啊。

702. 那身兒衣服你穿着挺合適的。

簡單注釋：

①みごとな手さばきでした：〝手さばき〞是指各種用手或手指操作的方法或技巧。如〝あざやかな手さばきで紙幣を数える／用俐落的手法數鈔票〞。〝馬の手綱の手さばき／勒馬韁繩的手法〞。

②上手に書けてましたよ：〝書ける〟是由動詞〝書く（寫）〟
變化而來的〝可能動詞〟。表示〝能寫〟、〝會寫〟的意思
。在誇獎某人〝寫得好〟時，日語習慣於用〝よく書けまし
た〟的形式。

45. 慰める（慰問）

（703）気を落とさないようにしてください。

（704）あまり焦らないことです。

（705）失敗は成功のもと、そんなにがっかりしないでください。

（706）努力さえすれば、きっと成功しますよ。

（707）いまの気持ちを大切にして努力することがもっと大事なことです。

（708）気を長く、大きく持ってくださいね。

（709）大切なことは、まず健康であることです。

45. 安　　慰

703. 別洩氣。

704. 不要太著急。

705. 失敗為成功之母。別那麼灰心喪氣的。

706. 只要努力，一定會成功的。

707. 更重要的是珍惜現在的這種精神，加倍努力。

708. 要有耐性，有度量。

709. 最重要的還是身體健康。

簡單注釋：

①気を落とさないようにしてください：〝気を落とす〞是一
　個慣用句，有〝灰心〞、〝洩氣〞、〝沮喪〞、〝失望〞、
　〝氣餒〞、〝情緒低落〞等意思。

46. 励ます（激励）

（710）がんばってください。

（711）元気を出してください。

（712）一度の失敗などたいしたことではありません。

（713）いつもの元気を出してがんばってください。

（714）過ぎたことは忘れて、がんばってください。

（715）大学入試まで、あとひといきです。元気を出してく

ださいね。

（716）完成まではあとひといきです。努力をつづけてくださ

い。

（717）過去を語らず、未来の夢を見ながらがんばってくださ
い。

46. 鼓　　勵

710. 加油啊。
711. 打起精神來。
712. 一次失敗算不了什麼。
713. 拿出你以往的幹勁，加油。
714. 過去的事就過去了，加把勁兒。
715. 到大學聯考就剩下最後衝刺了。打起精神來。
716. 再加一把勁兒就完成了，要繼續努力啊。
717. 我們不提過去。面向未來，加倍努力。

簡單注釋：

①一度の失敗などたいしたことではありません：〝たいし
た〞是一個連體詞，原意有〝非常的〞、〝驚人的〞、〝了
不起的〞等意。如〝たいした發明／驚人的發明〞，〝たい
した金／巨款〞。但又常與否定語呼應使用，表示〝不值一
顧的〞、〝沒有什麼了不起的〞、〝並不怎麼樣的〞等意。
如〝たいした病氣でない／不是什麼大病〞。〝たいした心
配はいらない／不必太擔心〞。

47. 比べる（比較・割合）

…より…です。

…より…のほうが…。

(718) 陳さんと王さんは、どちらが年上ですか。

(719) わたしが陳さんより年上です。

(720) 陳さんよりわたしのほうが年上です。

(721) 生まれは同じ年ですが、わたしのほうが半年ほど早く生まれています。

(722) 身長はどちらのほうが高いですか。

(723) 背は陳さんのほうがわたしより高いです。

(724) 力も陳さんのほうがずっと強いです。

(725) あれよりこっちのほうがいいようですね。

(726) あれとこれはどちらが高いですか。

(727) こっちは値段が高いけど、品もいいですよ。

(728) 北京と東京とどちらが寒いですか。

(729) 北京のほうが寒いと思います。

(730) わたしは夏より冬のほうが好きです。

(731) 車で行ったほうが汽車で行くより早くありませんか。

（732）そうですね。車で行ったほうがだいぶ早いでしょう。

（733）新宿か池袋かに行きたいのですが、どちらが遠いですか。

（734）あなたはどちらがいいと思いますか。

（735）今日は昨日より少し寒いですね。

（736）大きいほうが重そうですね。

（737）薬を飲むのもいいですが、それよりゆっくり休んだほうがいいと思いますよ。

47. 比　　較

…より…です（句型）…比…。

…より…のほうが…（句型）與…相比，…更…。

718. 小陳和小王，（你倆）誰年齡大啊？

719. 我比小陳大。

720. 跟小陳比，我歲數大點兒。

721. 我們是同一年生的，可是我的生日比他早半年。

722. （你倆）個子誰高啊？

723. 個頭兒小陳比我高。

724. 力氣小陳也比我大得多。

725. 這個好像比那個好。

726. 那個和這個，哪個貴啊。

727. 這個價錢貴一點，不過品質也好啊。

728. 北京和東京，哪兒冷啊？

729. 我覺得北京要冷一些。

730. 比起夏天來，我更喜歡冬天。

731. 開車去比坐火車去要快一些吧。

732. 是的，開車去要快得多啊。

733. 我想去新宿或池袋，哪邊較遠啊？

734. 你覺得哪個好啊？

735. 今天比昨天要冷一些吧。

736. 大的看上去挺重的。

737. 我覺得吃藥也行，但更重要的是要好好休息。

簡單注釋：

①力も陳さんのほうがずっと強いです：〝ずっと〞是一個副
　詞，常用於〝比較〞的句式。意思是〝（比……）得多〞、
　〝（比……）得很〞。

②車で行ったほうが汽車で行くより早くありませんか：日語
　中〝車（くるま）〞可以是各種車輛的總稱，也可以特指小
　汽車。這裡的〝車で行く〞一般可理解為坐小汽車去，或自
　己開車去。

48. 家さがし

（738）四畳半というのはだいたい何平米ぐろいの広さです
か。

（739）四畳半でもいいですが、台所はついていますか。

（740）六畳ぐらいの広さで日本間ではなく、洋間というの
はありませんか。

（741）DKと書いてあるのはどういう意味ですか。

（742）一人ですから、そんなに大きくなくてもいいのですが、
自炊のできるところがいいですね。

（743）買い物に便利なアパートはありますか。

（744）風呂はついてなくてもいいですが、銭湯は近くにありますか。

（745）電気代やガス代は自分で払うのですか。

（746）「水洗」というのは水洗トイレという意味でわかるんですが、「共1000」というのはどういうことでしょうか。

（747）「礼金」とか「敷金」とかいうのもよくわかりません。

（748）あまり大きな部屋でなくてもいいので、もっと部屋代が安いところはありませんか。

（749）駅までは歩いてどれくらいかかりますか。

（750）交通は少し不便なようですが、部屋代の安いほうにします。

（751）学校にはちょっと遠いようですが、家賃の安いほうがいいです。

（752）家賃はそれでいいですが、もう少し学校に近いところはありませんか。

（753）家賃はもう少し高くてもかまいませんが、もっと通学に便利な場所はないでしょうか。

48. 找房子

738. 四疊半的面積大約相當於幾坪啊？

739. 四疊半的房子也行，有廚房嗎？

740. 有沒有六疊大小，不是日式房間而是洋式房間的？

741. 寫著ＤＫ兩個字是什麼意思啊？

742. 我就一個人，用不著那麼大的房子，最好有能自己做飯的地方。

743. 有沒有買東西比較方便的公寓啊？

744. 沒有浴室也沒關係，附近有公共澡堂嗎？

745. 電費和瓦斯費是自己付嗎？

746. 〝水洗〞我知道是抽水廁所的意思，〝共 1000〞是什麼意思啊？

747. 〝禮金〞和〝敷金〞的意思也不太明白。

748. 房間小一點兒也沒有關係，有沒有房租再便宜一點兒的？

749. 走路到車站要幾分鐘啊？

750. 交通好像有點兒不太方便，要房租便宜一點兒的。

751. 離學校有點兒遠啊，要房租便宜一點兒的。

752. 房租還可以，有沒有離學校再近一點兒的地方？

753. 房租再貴點兒也沒關係，有沒有上學更方便的地方？

簡單注釋：

①ＤＫと書いてあるのはどういう意味ですか：〝ＤＫ〞是外來語〝ダイニング・キッチン（Dining Kitchen）〞的字頭縮寫，表示廚房與餐廳合在一起的房間。

②「共 1000」というのはどういうことでしょうか：〝共〞是〝共益費（公共費用）〞的代表。〝1000〞是指 1000 日元。房屋廣告上如寫〝共 1000〞，意思就是説，每月除交房租水電等費用外，還需交 1000 日元的公共費用，這種費用主要用於公寓的走廊、門燈、庭園等公共場所的打掃和維修。

③「礼金」とか「敷金」とかいうのもよくわかりません：〝礼金〞是付給房東的〝見面禮〞，一般相當於一個月到兩個月的房租。〝敷金〞是預交的保證金，也是一種押金。〝敷金〞有的相當於一至兩個月的房租，有的要 20 至 50 萬日元不等。〝敷金〞在退房時，一般全部或部分（百分之八十左右）退還給租用者。

49. 天候に関する表現

（754）いいお天気ですね。

（755）今日はよく晴れましたね。

（756）暖かくなりましたね。

（757）雲ひとつないいい天気ですね。

（758）きょうはいいお湿りですね。

（759）明日は雨が降りそうです。

（760）外は雨が降っていますか。

（761）ひどくはありませんが、しとしと降っています。

（762）傘を持っていったほうがいいようですね。

（763）わたしの傘は日傘にもなるし、雨傘にもできます。

（764）そんなに降らなければ、雨靴はいらないでしょう。

（765）天気予報によると、明日は晴れのち曇だそうです。

（766）いい具合に雨が降ってくれましたね。

（767）雨がやむまで、雨宿りしましょう。

（768）雨が降ってくれて、涼しくなりましたね。

（769）昨日の夕立はひどかったですね。

（770）雨があがりましたよ。

（771）雨があがれば、また暑くなりそうですね。

（772）夕焼けが出ているから、明日は晴れるでしょう。

（773）今日は朝焼けが出ていたから、雨が降るかも知れませんよ。

（774）暑くてかないませんね。

（775）今日は湿気が強いですね。

（776）じめじめした天気で、いやですね。

（777）梅雨でじめじめした天気が続いています。

（778）明日は蒸し暑いそうですよ。

（779）だいぶ涼しくなってまいりました。

（780）たいへんに寒いですね。

（781）さっきは小さいあられが降りましたよ。

（782）外は霧が強いですよ。

（783）今朝は、だいぶ霜が下りてましたよ。

（784）明日は小雪が降るそうです。

49. 關於天氣

754. 天氣真不錯啊。

755. 今天可是個好晴天啊。

756. 天氣暖和了。

757. 天氣真好，萬里無雲。

758. 今天下了一場好雨啊。

759. 明天好像要下雨。

760. 外面正在下雨嗎？

761. 下得不大，細雨濛濛。

762. 還是帶著雨傘去好。

763. 我的傘既能當陽傘，又能當雨傘。

764. 下得不那麼厲害的話，用不著穿雨鞋吧。

765. 天氣預報說，明天的天氣是晴轉陰。

766. 這雨下得正合適啊。

767. 我們避到雨停吧。

768. 下了場雨，涼快多了。

769. 昨天的雷陣雨下得可真大。

770. 雨停了。

771. 看這樣，下完雨還會熱起來啊。

772. 現在出了晚霞，明天準是個好天氣。

773. 今天早上有早霞，也許會下雨。

774. 熱得要命。

775. 今天濕氣真重。

776. 天氣好潮濕，真難受。

777. 梅雨季節裡天天都是那麼潮濕的。

778. 聽說明天特別悶熱。

779. 天氣涼爽多了啊。

780. 真夠冷的啊。

781. 剛才還下了點兒小霰子呢。

782. 外面霧很大啊。

783. 今天早晨，下了好多霜呢。
784. 聽説明天會下小雪。

簡單注釋：

①明日は雨が降りそうです：助動詞〝そうだ〟接在動詞連用形下，表示就要發生的樣子。意思是〝好像就要〟、〝似乎就要〟。如〝あの若い人が何かを言いそうな様子だ／那個年輕人好像要説什麼似的〟。〝彼は行きそうもありません／他不像要去的樣子〟。

②わたしの傘は日傘にもなるし、雨傘にもできます：〝し〟是一個接續助詞，接在用言終止形下，可以表示並列陳述同時存在的兩個事物。如〝雪も降るし風も吹いた／又下雪又刮風〟。〝雨には降られるし、電車は混むし、散々だった／既淋雨，電車又擠，狼狽極了〟。

③天気予報によると、明日は晴れのち曇だそうです：助動詞〝そうだ〟接在用言終止形下，表示傳聞，意為〝聽説〟、〝據説〟，常與〝～によると（根據～）〟的形式一起使用。如〝ラジオによると明日は雨が降るそうです／據廣播説，明天有雨〟。

④雨が降るかも知れませんよ：〝かもしれません（かもしれない）〟是一個詞組，表示〝可能〟、〝也許〟的意思。如〝そんなことを言ったかもしれない／我可能那麼説了〟。〝すぐ来られないかもしれない／也許不能馬上來〟。

50. 感情表現
かんじょうひょうげん

（785） うれしい！

（786） たのしい！

（787） うつくしい！

（788） きれいだ！

（789） すてきだ！

（790） すばらしい！

（791） かわいい！

（792） よかった！

（793）やったあ！

（794）たいへんだ！

（795）つらい！

（796）くだらない！

（797）ばかばかしい！

（798）ひどい！

（799）あんまりだ！

（800）かなしい！

（801）かわいそうだ！

（802）まあ！

（803）今日はほんとうにうれしい日です。

（804）今日は、一日たのしく過ごすことができました。

（805）ここからの眺めは、じつにうつくしいですね。

（806）きれいな人ですね。

（807）あの方はすてきな方ですね。

（808）すてきな帽子をかぶっていますね。

（809）今日の音楽会はすばらしかったです。

（810）かわいい小犬ですね。

（811）合格してよかった。

（812）やったあ！合格したぞ！ばんざい。

（813）父の大事な茶碗を割ってしまった。こりゃあたいへんだ。

（814）ここ数年、つらかったでしょう。

（815）そんなくだらない話はもう聞きたくありません。

（816）あの人はくだらない人だ。

（817）そんなばかばかしい話ばかりしていないで、少しは仕事をしなさいよ。

（818）そんなひどいことがありますか。

（819）ひどいことをする人だ。

（820）そんなに叱るとはあんまりだ。

（821）彼女の身の上話を聞いて、わたしもかなしくなりました。

（822）かわいそうに、この子、寒そうですよ。

（823）あの子はほんとうにかわいそうです。

（824）まあ！この猫、かわいい！

50. 表達感情

785. 真高興！
786. 真快活！
787. 真好看！

788. 真漂亮！

789. 妙極了！

790. 好極了！

791. 真可愛！

792. 太好了！

793. 太棒了！

794. 不得了啦！

795. 真難受！

796. 真無聊！

797. 真荒唐！

798. 好過分！

799. 太過分了！

800. 真傷心啊！

801. 真可憐！

802. 哎呀！

803. 今天我真高興。

804. 今天一天過得真愉快。

805. 這兒的景觀真美啊。

806. 這人真漂亮。

807. 那人真不錯。

808. 你戴的帽子真好看。

809. 今天的音樂會真棒。

810. 這隻小狗真可愛啊。

811. 總算考上了。

812. 太棒了！考上了！萬歲！

813. 把父親心愛的茶碗給打碎了，這下可慘了。

814. 這幾年，你吃苦了。

815. 這種無聊的事，我不想再聽了。

816. 那人真無聊。

817. 別光扯這些沒用的話，做點事吧。

818. 哪有這麼過分的事。

819. 這人太不講理了。

820. 你這麼罵他也太過分了。

821. 聽了她的遭遇，我也難過極了。

822. 真可憐，這孩子凍得那個樣子。

823. 那孩子太可憐了。

824. 哇！這猫好可愛哦！

簡單注釋：

①そんなばかばかしい話ばかりしていないで：〝ばかり〞是一個副助詞，表示〝只〞、〝僅〞、〝光〞、〝淨〞的意思。如〝酒ばかり飲む／光喝酒〞。〝遊んでばかりいる／光玩兒。〞〝物価は上がるばかりだ／物價一直漲〞。〝彼は英語ばかりでなくフランス語もできる／他不僅懂英語，還懂法語〞。

②彼女の身の上話を聞いて：〝身の上〞意思是〝境遇〞、〝身世〞、〝經歷〞，〝身の上話〞就是關於某人身世、經歷的話。

51. 仮　定

もし…たら（なら・ば）…

たとえ…ても…

(825)　（もし）誰かたずねてきたら、事務所にいますので呼

んでください。

(826)　明日、雨が降ったら、行くのをやめます。

(827)　君が行くなら、ぼくも行くよ。

(828)　あなたさえその気になれば、きっと成功しますよ。

(829)　くすりを飲めば、治りますよ。

(830)　（もし）手紙がきたら、机の上に置いていてください。

おねがいします。

(831)　あなたが迎えに行けば、彼もきっと来ますよ。

(832)　（もし）わたしが元気だったら、自分でやるのですが。

(833)　もう少し遅かったら、間に合わなかったでしょう。

(834)　（もし）彼が来たら、わたしに電話をくれるように伝

えてください。

(835)　彼が女だったら、きっと美人だと思う。

(836)　（もし）ぼくが君だったら、そうは言いません。

(837) まさかとは思いますが、もし彼が犯人だったらどうしますか。

(838) （もし）話す気になったら、いつでもいいから電話をください。

(839) （もし）あなただったら、どうしますか。

(840) （もし）このことが失敗したらわたしは会社を辞めます。

(841) あまりいらいらしていると、長生きしませんよ。

(842) （もし）父が生きていれば、今年 85 になっているでしょう。

(843) 父が生きていたら、わたしもこうにはならなかったでしょう。

(844) たとえどんなことを言われても、手を出してはいけませんよ。

(845) たとえどんなことを言われても、もうあなたのことは信じません。

(846) たとえどんなことがあっても、あなたのことを信じています。

(847) たとえどんなことがおきても、信念を曲げてはいけません。

51. 假　　定

もし……たら（なら・ば）……（句型）如果……的話……。
たとえ……ても……（句型）即使……也……、無論……。

825.（如果）有人來找我的話，我在辦公室，請叫我一下。

826. 明天要是下雨的話，就不去了。

827. 你要是去的話，我也去。

828. 只要你有這份心，就一定能成功。

829. 喝了藥就會好。

830. 如果有信來，請放在桌子上。麻煩你。

831. 如果你去接他的話，他肯定也會來的。

832.（如果）我身體好的話，我就自己做了，可是……。

833. 再晚一點兒的話，就趕不上了。

834.（如果）他來了的話，告訴他打個電話給我。

835. 我想他要是女人的話，肯定是個大美人兒。

836.（如果）我要是你的話，就不這麼説。

837. 也許這不大可能。但是，如果他真是凶手的話，那怎麼辦？

838. 只要你想説了，隨時都可以打電話給我。

839. 要是你的話，你怎麼辦呢？

840.（如果）這件事失敗的話，我辭職。

841. 老那麼急躁的話，可活不長啊。

842.（要是）父親還活著的話，今年應該 85 歲了。

843. 父親要是活著的話，我也不會變成這個樣子了。

844. 不管人家説什麼，也不能動手。

845. 不管人家説什麼，我再也不相信你了。

846. 無論發生什麼事，我都相信你。

847. 無論發生什麼事，都不能喪失信心。

簡單注釋：

①あなたさえその気になれば：〝さえ〟是一個提示助詞，當形成〝～さえ～ば〟的形式時，可以表示〝只要……（就……）〟的意思。如〝これさえあれば……／只要有這個就行了〟。〝面白くさえあれば、どんな本でもいい／只要有趣什麼書都可以〟。〝練習しさえすれば、すぐ上手になるよ／只要練習就會很快進步的〟。

②きっと美人だと思う：〝きっと〟是一個副詞，表示〝肯定〟、〝一定〟、〝必定〟的意思。〝きっと成功する／肯定能成功〟。〝六時にはきっと帰ってくる／六點鐘一定回來〟。

③まさかとは思いますが：〝まさか〟是一個副詞，常與否定推量呼應，表示〝決（不）……〟、〝萬也（想不到）……〟、〝不大可能會……〟的意思。如：〝まさかそんなことはあるまい／決不會有那樣的事〟。〝まさかそんなに食べる者はないだろう／不大可能有人吃那麼多吧〟。單獨使用時，也帶有這種意思。

④手を出してはいけませんよ：〝手を出す〟是一個慣用句。有幾個意思：1.〝參與、打交道〟；2.〝動手打人〟；3.〝拿人家的東西〟；4.〝與女人發生關係〟等。在這裡是第二個意思，〝動手打人〟。

52. 予想・予測

…だろう。

…でしょう。

…そうだ。

…かもしれない。

(848) 昼からは晴れるだろう。

(849) 明日は雪か降るだろう。

(850) この天気では午後からは雨になりそうですよ。

(851) 雨が降りそうだから、傘を持っていきましょう。

(852) この時間では、もうバスもないでしょう。

(853) 走っても間に合わないでしょう。

(854) いま行っても、もう彼はいないだろう。

(855) この時間では、彼はもうこないでしょう。

(856) いまごろは彼女も心配しているだろう。

(857) この時間なら、小林さんはいないかも知れませんね。

(858) この調子なら、来月までには終わるでしょう。

(859) この調子では、明日までには終わらないでしょう。

(860) 彼ならきっとよく働きますよ。

（861）心配いりません。きっといい子に育ちますよ。

（862）そんなこと言ったら、彼は怒るかも知れませんよ。

52. 推　　測

848. 下午大概會放晴吧。

849. 明天大概會下雪吧。

850. 看這天氣，下午可能會下雨。

851. 要下雨似的，帶著傘去吧。

852. 這個時間，也許沒有公車了吧。

853. 跑也來不及了吧。

854. 即使現在去，他也已經不在了吧。

855. 都這個時間了，他不會來了吧。

856. 現在，她也正擔心吧。

857. 這個時間，小林先生也許不在。

858. 按這個速度，下個月之前會做完吧。

859. 照這個速度，明天完成不了吧。

860. 他肯定會好好工作的。

861. 別擔心，一定會長成一個好孩子的。

862. 你說這種話，他也許會發火的。

簡單注釋：

①走っても間に合わないでしょう：“ても”是一個接續助詞，接在動詞的連用形（有音便的接音形式）下（與音便相適應地，有時要變成“でも”），可以表示逆態的假定前

提，意為〝即使……也……〞，〝縱然……也……〞。如〝いくら金があってもだめだ／即使有多少錢也不行〞。〝命をかけてもやる／拼了命也要做〞。

53. 商談

(863) アポイントですが、午後の2時から一時間ほど、そちらの商談室で工芸品商談したいと思っているのですが、ご都合はいかがでしょうか。

(864) 申し訳ありませんが、午後の二時はすでに予定が入っているのですが…

(865) それでは、何時ごろがご都合よいでしょうか。

(866) 三時半以降ならいつでもけっこうです。

(867) 今日は、日本の綿製品市場の具体的な状況について

紹介していただきたいと思うのですが。

(868) 日本市場での中国刺繍製品の評判はどんなものだか、お聞かせ願えますか。

(869) 現在、日本での服装市場はどんなものでしょうか。

(870) 中国での服装加工は、ここ数年、量的には増えてきていますが、デザインやカラーの面でまだまだ改善されなければならないようです。

(871) 生地はなかなかいいのですが、デザインがもうひとつといったところですね。

(872) 最近は、競争が激しくなって、加工業もやりにくくなってきました。

(873) コストや人件費が高くなって、経営が難しくなってきています。

(874) 納期について相談したいと思うのですが。

(875) 納品期日をもう少し縮めてほしいのですが、いかがでしょうか。

(876) サンプルを見せていただけますか。

(877) 見本をもってきていますので、これを参考にしてください。

(878) 市場調査をやってみたいと思うのですが、貴社のお

考えをお聞かせください。

(879) 品質について不安定なところがあるのが少々心配です。

(880) 製品の品質については、私どものほうで全責任を負います。

(881) 製品の品質については、自信をもっておすすめします。

(882) 値段についてですが、あと 15 パーセント安くしてほしいと思うのですが、いかがですか。

(883) 注文数量がある程度増えれば、あと 3 割りほどは安くすることができますが、それ以上は無理です。

(884) 本社とも相談したうえで、またお電話（ご連絡）いたします。

(885) 即答できなければ、お帰りになって検討したあと早めにお知らせください。

(886) 包装についてなにかご要望はございませんか。

(887) 商品の包装について、なにかご意見はございませんか。

(888) 包装がよくないと、売れ行きに影響します。

(889) 積み卸しのときに破損しやすいので、包装はしっかりお願いします。

(890) 価格の点については、後日検討したうえでお知らせしたいと思います。

(891) オファーは、来週までに出してくださるようお願いします。

(892) 他社との取引もありますので、L／Cは早めに開設するようにしてください。

(893) 決済通貨は米ドル建てでお願いいたします。

(894) 信用状が届いてから、半月以内に送れると思います。

(895) 10日までに信用状が到着しなければ、船積期に影響してしまいます。

(896) 荷物はすべてコンテナ輸送でお願いします。

(897) 追加注文についてですが、いつごろ発送したらよろしいでしょうか。

(898) 保険加入について、至急ご意見をお聞かせください。

(899) そちらの書類が届き次第、早急船積みの手配をしますので、ご安心ください。

(900) F．O．B．神戸渡値の価格はおいくらになっていますか。

53. 商業談判

863. 我想約個時間會談。我們想今天下午兩點，在您的會談室，就工藝品問題談一個小時左右，您看您的時間合適嗎？
864. 對不起，下午兩點我已經另有安排。
865. 那您看什麼時候合適啊？
866. 如果是三點半以後的話，什麼時候都行。
867. 今天，我想請您幫我們介紹一下日本棉織品市場的具體情況。
868. 您能告訴我一下，中國刺繡製品在日本市場的評價怎麼樣嗎？
869. 現在，日本的服裝市場怎麼樣啊？
870. 中國的服裝加工業，近幾年來，在數量上發展很快，但是在設計和顏色方面似乎還有待大大改進。
871. 質料相當不錯。可是設計還差了點。
872. 最近，競爭相當激烈，加工業也越來越難做了。
873. 成本和人事費用越來越貴，經營非常困難。
874. 我想商量一下交貨日期的問題。
875. 我們希望交貨日期能再提前一些，您看行嗎？
876. 能給我看看樣品嗎？
877. 我帶來了樣品，您作個參考。
878. 我想作個市場調查，你能談談貴公司的想法嗎？
879. 只是有點兒擔心品質不太穩定。
880. 關於產品的品質問題，我們負全部責任。

881. 關於產品的品質問題，我們完全有信心推薦。

882. 關於價格問題，我們希望再便宜百分之十五，您看行嗎？

883. 如果訂貨數量有所增加，還可以便宜三成，但是再多就不可能了。

884. 跟總公司商量了以後，再給您打電話（再跟您聯繫）。

885. 如果不能立即答覆的話，請您回去研究以後，儘早地告訴我們。

886. 關於包裝問題，您有什麼要求嗎？

887. 關於商品的包裝問題，您有什麼意見嗎？

888. 如果包裝不好，就會影響銷路。

889. 在裝卸的時候很容易破損，所以希望包裝一定要結實。

890. 關於價格的問題，我想我們研究以後過幾天再告訴你們。

891. 請你們在本周以內提出報價單。

892. 因為還有和其他公司進行交涉問題，所以請儘快開信用狀（L／C）。

893. 結算貨幣請用美元。

894. 我想信用狀寄到以後，半個月之內可以出貨。

895. 如果十號以後信用狀寄不到，就會影響裝船日期。

896. 所有貨物都請用貨櫃箱出貨。

897. 關於追加訂貨，什麼時候出貨好呢？

898. 關於加入保險的問題，請儘速告訴我們你們的意見。

899. 請放心，只要你們的文件一寄到，我們就馬上安排裝船。

900. Ｆ・Ｏ・Ｂ神戶交貨的價格是多少呢？

簡單注釋：

①生地はなかなかいいのですが：〝なかなか〟是一個副詞，意思是〝頗〟、〝很〟、〝相當〟、〝非常〟。如〝彼はなかなかの勉強家だ／他非常用功〟。

②加工業もやりにくくなってきました：〝にくい〟是一個接尾詞，接在動詞連用形下構成一個新的形容詞，表示〝難以……〟、〝不好……〟的意思。如〝答えにくい問題／難以回答的問題〟。〝食べにくい／不好吃〟。

③積み卸しのときに破損しやすいので：〝やすい〟也是一個接尾詞，與〝にくい〟意思正相反，接在動詞連用形下構成一個新的形容詞，表示〝容易……〟的意思。如〝この辞書は引きやすい／這部辭典很容易查〟。

④後日検討したうえでお知らせしたいと思います：常使用〝…したうえで〟或〝…のうえ〟的形成，表示〝……之後〟、〝……時〟的意思。如〝お目にかかったうえでお話しします／見面後再談〟。〝熟考のうえで返事する／仔細考慮後再回答〟。

⑤そちらの書類が届き次第：〝次第〟接在動詞連用形下，表示〝（一……）立即……〟、〝（一……）立刻〟、〝（一……）馬上……〟的意思。如〝見つけ次第すぐにきてくれ／接到信後請你馬上過來〟。

附錄一　日語基礎知識

一、發音和假名

1. 五十音圖

表1

あ a	い i	う u	え e	お o
か ka	き ki	く ku	け ke	こ ko
さ sa	し si	す su	せ se	そ so
た ta	ち ci	つ cu	て te	と to
な na	に ni	ぬ nu	ね ne	の no
は ha	ひ hi	ふ hu	へ he	ほ ha
ま ma	み mi	む mu	め me	も mo
や ya	(い i)	ゆ yu	(え e)	よ yo
ら ra	り ri	る ru	れ re	ろ ro
わ wa	(い i)	(う u)	(え e)	を o
ん N				

　　表1是日語發音和假名的基礎，稱為〝五十音圖〞。其中母音不同、子音相同的序列（如表1橫讀，即〝あいうえお〞）

稱〝行〞，母音相同、子音不同的序列（如表1豎讀，即〝あ
かさたなはまやらわ〞）稱〝段〞。比如〝な行〞〝う段〞的
假名就是指〝ぬ〞。五十音圖中〝い〞〝え〞各出現三次（如
あ行、や行、わ行），〝う〞出現兩次（如あ行、わ行），在
現代日語中它們的讀音沒有區別（在古代日語中曾有過區別，
且〝わ行〞的〝い〞〝え〞另有寫法），所以，以〝あいうえ
お〞的〝いうえ〞為代表，其他列入（　）中。あ行的〝お〞
和わ行的〝を〞雖然讀音相同，但〝を〞專門用以表示助詞，
與〝お〞區別使用。

2. 濁音、半濁音和拗音

　　五十音圖中的假名均表示清音，有些〝行〞的假名與清音
相對有濁音和半濁音。濁音是在原清音假名的右上角點兩點；
半濁音是在原清音假名的右上角畫一小圈。有濁音、半濁音的
假名如表2。

表2

が ga	ぎ gi	ぐ gu	げ ge	ご go
ざ za	じ zi	ず zu	ぜ ze	ぞ zo
だ da	ぢ di	づ du	で de	ど do
ば ba	び bi	ぶ bu	べ be	ぼ bo
ぱ pa	ぴ pi	ぷ pu	ぺ pe	ぽ po

　　另外，〝かさたなはまら〞行的〝い段〞假名（即〝きし

ちにひみり〞）與〝や行〞的〝やゆよ〞組合構成〝拗音〞。
拗音書寫時將〝やゆよ〞縮小寫在主假名的右下方。凡有清濁
音相對的假名，拗音也有清音和濁音兩組（有濁音和半濁音的
〝ひ〞則有三組拗音）（表3）。

表3

きゃ kya	きゅ kyu	きょ kyo
しゃ sya	しゅ syu	しょ syo
ちゃ cya	ちゅ cyu	ちょ cyo
にゃ nya	にゅ nyu	にょ nyo
ひゃ hya	ひゅ hyu	ひょ hyo
みゃ mya	みゅ myu	みょ myo
りゃ rya	りゅ ryu	りょ ryo
ぎゃ gya	ぎゅ gyu	ぎょ gyo
じゃ zya	じゅ zyu	じょ zyo
ぢゃ zya	ぢゅ zyu	ぢょ zyo
びゃ bya	びゅ byu	びょ byo
ぴゃ pya	ぴゅ pyu	ぴょ pyo

3.撥音、促音和長音

假名〝ん〞用以表示有聲鼻音，是輔助音，日語稱之為
〝撥音〞。撥音不能單獨使用，只能附在其他假名後面，共同

構成一個音節（但佔一個音拍數）。日語鼻音，根據後續音的不同略有不同。在〝た行、な行、ざ行、だ行〞等假名前時，發〝n〞音。如：

　　せんたく（洗衣服）　　　なんで（為什麼）
　　おんな（女人）　　　かんじ（感覺）

在〝ま行、ば行、ぱ行〞等假名前時，發〝m〞音，如：

　　さんま（秋刀魚）　　　がんばる（努力）
　　しんぱい（擔心）

在〝か行、が行〞等假名前時，發〝ŋ〞音。如：

　　てんき（天氣）　　　にほんご（日語）

　　假名〝つ〞小寫時，表示〝促音〞。促音是只出現在〝か行、さ行、た行、ぱ行〞等假名前面的一個特殊音。發促音時，用發音器官的某一部分堵住氣流，形成一拍停頓，然後再發後面的假名音。當促音後為〝さ行〞假名時，停頓期間可漏出微弱的〝s〞音。如：

　　いっかい（一次）　　　いったん（一旦）
　　いっぱい（一次）　　　いっさい（一歲）

　　將一個假名的母音拉長一拍發音叫〝長音〞。書寫方法是，あ段假名後加あ、い段假名後加い、う段假名後加う、え段假名後加い或え、お段假名後加う或お。如：

　　おかあさん（媽媽）　　　いいえ（不）
　　くうき（空氣）　　　えいが（電影）
　　おねえさん（姐姐）　　　どうぞ（請）
　　とおい（遠）

4. 音拍和聲調

日語發音的基本單位是以假名構成的一個一個〝音拍（mora）〞。拗音（しゃ）也和一般假名（し）一樣構成一個音拍數。特別應該注意的是：撥音、促音和長音這樣的特殊發音，雖然它們在發音時與前面的音融為一體乃至不發音，但在音拍上它們都各自占有一個音拍數。

日語聲調屬於高低型。以東京標準話聲調為例，其特點是：①第一音拍和第二音拍一定不一樣，即第一音拍高則第二音拍低，第一音拍底則第二音拍高。②在一個聲調單位（一個單詞或一個句節）中，聲調只有一次下降。如：

⓪型：第一音拍低，以下各音拍都高（後續助詞〝が、に、を、は〞等時也高）。

ひが　はなが　さくらが

①型：第一音拍高，以下各音拍都低。

ひが　はるが　いのちが

②型：第二音拍高，其他各音拍都低。

はなが　こころが　みなさんが

③型：第二、三音拍高，其他各音拍都低。

あたまが　みずうみが

④型：第二至四音拍高，其他各音拍都低。

いもうとが　おとうとが

⑤型：第二至五音拍高，其他各音拍都低。

じゅうにがつが　もものはなが

以下類推。

二、文字、詞匯和語法

1. 片假名和漢字

　　在第一部分講發音和假名時，我們接觸的都是〝平假名〞。〝平假名〞多來自於漢字的草體（如〝安→あ→あ〞）。除平假名以外，日語還使用取自漢字筆畫一部分的〝片假名〞（如〝阿→ア→ア〞）（表4）

表 4

ア	a	イ	i	ウ	u	エ	e	オ	o
カ	ka	キ	ki	ク	ku	ケ	ke	コ	ko
サ	sa	シ	si	ス	su	セ	se	ソ	so
タ	ta	チ	ci	ツ	cu	テ	te	ト	to
ナ	na	ニ	ni	ヌ	nu	ネ	ne	ノ	no
ハ	ha	ヒ	hi	フ	hu	ヘ	he	ホ	ho
マ	ma	ミ	mi	ム	mu	メ	me	モ	mo
ヤ	ya	（い	i）	ユ	yu	（エ	e）	ヨ	yo
ラ	ra	リ	ri	ル	ru	レ	re	ロ	ro
ウ	wa	（い	i）	（ウ	u）	（エ	e）	ヲ	o
ン	N								

　　同樣，濁音、半濁音、拗音等也有相應的片假名（這裡不

——重複）。片假名主要用來書寫外來語或特別需要突出的詞彙（如擬聲、擬態詞等等）。只是在表示長音時，不像平假名後加〝あ行〞的假名，一律用表示長音的符號〝一〞書寫（如〝コーヒー〞、〝スカート〞）。

日語中的大多數漢字與中國漢字相同。但由於 20 世紀以後，中日兩國各自向簡體簡化，一些字產生了差異，如不注意便容易寫錯。如（括號內為中國現行漢字）：

| 単（單） | 対（對） | 図（圖） | 芸（藝） |
| 団（團） | 辺（邊） | 労（勞） | 歩（步） |

另外，日本人在使用漢字的過程中，也自造了一些漢字，稱為〝國字〞，但數量很少。如：

<ruby>峠<rt>とうげ</rt></ruby>　<ruby>畑<rt>はたけ</rt></ruby>　<ruby>辻<rt>つじ</rt></ruby>　<ruby>鰯<rt>いわし</rt></ruby>　<ruby>沖<rt>おき</rt></ruby>

日語日常生活用語中使用的漢字數量大約在 1945 個左右（常用漢字）。

2. 漢字的讀法

日語中的漢字，一般都有〝音讀〞和〝訓讀〞兩種讀法。

所謂〝音讀〞，是近似於中國漢字讀音的模仿音。由於傳入的時代不同，有許多漢字有兩種或兩種以上的音讀方法。保留了六朝時期中國的吳國的發音稱之為吳音，保留了唐朝大安的發音稱之為漢音。如：

人　ニン　（吳音）　<ruby>人間<rt>にんげん</rt></ruby>

人　ジン　（漢音）　<ruby>人体<rt>じんたい</rt></ruby>

在現代日語中用漢音讀法的詞多於用吳音讀法的詞。此外，宋、元、明、清時代的字音也有一部分傳入日本，稱之為

唐音。為數很少，多用於佛教詞彙等。如：

行　ギョウ　　（吳音）　　行事
　　　　　　　　　　　　　　ぎょうじ

行　コウ　　　（漢音）　　銀行
　　　　　　　　　　　　　　ぎんこう

行　アン　　　（唐音）　　行灯
　　　　　　　　　　　　　　あんどん

　　所謂"訓讀"，是和漢字意思相當的日語固有詞中的特定讀音。漢字的訓讀可以說是一種漢字的日譯。有時，一個漢字可以有幾種訓讀方法。如：

入（入る、入る）　　外（外、外、外す）
　　い　　はい　　　　　　そと　ほか　はず

小（小さい、小包、小倉）
　　ちい　　こづつみ　おぐら

　　用漢字組成的詞，多數情況是音讀與音讀相組合（如："老人"，訓讀與訓讀組合（如："手紙"）。也有一些混合組成的。音讀在前訓讀在後的叫作"重箱読み"（如："団子"，訓讀在前音讀在後的叫作"湯桶読み"（如："場所"）。

3. 詞彙

　　日語詞彙數量較多，日常使用的日語詞典一般收入6萬至7萬詞條左右。

　　日語詞彙按照其詞源的分類，可以分為：①固有詞彙——和語；②漢語詞彙——漢語；③外來語詞彙——外来語；④混合詞彙——混種語等四種。

　　"固有詞彙（和語）"是日語中固有的詞彙。數量雖不及漢語詞彙多，但一些基本詞彙均由固有詞彙構成，在日常生活用語中使用頻率很高（約在70％左右）。如：

おとうさん（爸爸）　　夏休み（暑假）

〝漢語詞匯（漢語）〞是日本自古以來長期與中國文化交往引進吸收的結果，日本人已不認為這些詞匯是外來的詞匯。如：

花瓶　　　小学生

特別是近代以後，日本人在接受西方文明時，利用漢字創造了一些新的漢字詞匯，有些詞後來又傳入中國，成為現代漢語的一部分。如：

革命　　　幹部

漢語詞匯數量很多，且在文章中使用頻率很大（將近50％）左右）。

〝外來語詞匯（外来語）〞是近代以後，日本學習歐美文化時傳入的各種外來詞匯。其中以從英語傳入的外來語詞匯為最多。如：

デパート（百貨公司）　　　プレゼント（禮物）

〝混合詞匯（混種語）〞是指上述三種詞匯的構成要素組合在一起形成的複合詞。如：

フランス語（法語）　　　野球チーム（棒球隊）

4. 語法特點和品詞分類

日語語法與漢語語法相比，除主語在前謂語在後，修飾語在前被修飾語在後等相似之處以外，更多的是不同之處。

首先，日語賓語在動詞之前（如〝ご飯を食べる〞——吃飯），這一點與漢語不同。另外，日語的肯定與否定的表達方

式靠助動詞表現，出現在動詞後面（如〝行きます——去〞、〝行きません——不去〞），所以，不聽完整個句子，難斷肯定與否，這也是日語的一個特點。

　　日語是〝粘著語言〞，詞在句中的語法功能主要靠附屬於獨立詞之後的〝助詞〞、〝助動詞〞來表現，因而正確理解和掌握助詞、助動詞的意義和用法，對學習日語的人來說至關重要。

　　日語的動詞、形容詞、形容動詞和助動詞具有詞形變化，日語稱〝活用〞。

　　日語語法將詞按其語法性質進行的分類，稱為〝品詞分類〞。日語的品詞分類可劃分如下：

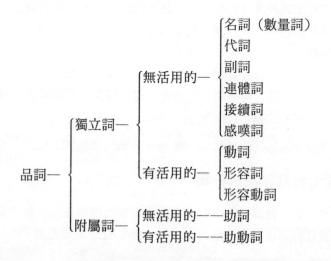

5. 動詞詞形變化

日語動詞具有詞形變化。根據其變化形式的不同，可分為〝五段動詞〞、〝上一段動詞〞、〝下一段動詞〞、〝カ變動詞〞、〝サ變動詞〞等五種類形。詞中變化部分叫詞尾，不變化部分叫詞幹（有些詞，特別是一些上一段動詞、下一段動詞、カ變動詞和サ變動詞的詞幹和詞尾沒有區別）。

動詞的詞形變化，一般習慣於歸納為〝未然形（表示動作未完成或否定的形式，〞、〝終止形（可直接完成句子的形式，也稱基本形）〞、〝連體形（主要連接名詞的形式）〞、〝假定形（主要表示假定條件的形式）〞、〝命令形（主要表示命令的形式）〞和〝推量形（主要表示推斷、推測的形式）〞。

〝五段動詞〞指詞形發生變化時，其詞尾變化在同一行假名的五個段上變化的動詞（表5）。大部分五段動詞連用形後接〝て〞、〝た〞時還要發生音便。カ行、ガ行發生イ音便。タ行、ラ行、ワ行發生促音便。ナ行、バ行、マ行發生撥音便。其中發生撥音便和ガ行イ音便後接的〝て〞和〝た〞還要變成濁音的〝で〞和〝だ〞。

表5

例詞	詞幹	未然形	連用形	終止形	連體形	假定形	命令形	推量形
咲く	咲	一か	一き 一い	一く	一く	一け	一け	一こ

例詞	詞幹	未然形	連用形	終止形	連體形	假定形	命令形	推量形
継ぐ	継	ーが	ーぎ ーい	ーぐ	ーぐ	ーげ	ーげ	ーご
押す	押	ーさ	ーし	ーす	ーす	ーせ	ーせ	ーと
打つ	打	ーた	ーち ーっ	ーっ	ーっ	ーて	ーて	ーと
死ぬ	死	ーな	ーに ーん	ーぬ	ーぬ	ーね	ーね	ーの
呼ぶ	呼	ーば	ーび ーん	ーぶ	ーぶ	ーべ	ーべ	ーぼ
住む	住	ーま	ーみ ーん	ーむ	ーむ	ーめ	ーめ	ーも
散る	散	ーら	ーり ーっ	ーる	ーる	ーれ	ーれ	ーろ
思う	思	ーわ	ーい ーっ	ーう	ーう	ーえ	ーえ	ーお

　　"上一段動詞" 指詞形發生變化時，其詞尾的一部分一直在う段假名的上一段即い段假名上，後續る、れ、ろ（よ）等後綴而變化的動詞（表6）。

表 6

例詞	詞幹	未然形	連用形	終止形	連體形	假定形	命令形	推量形
居る	居	い	い	いる	いる	いれ	いろ いよ	ーい
報いる	報	ーい	ーい	ーいる	ーいる	ーいれ	ーいろ ーいよ	ーい
着る	着	き	き	きる	きる	きれ	きろ きよ	き
起きる	起	ーき	ーき	ーきる	ーきる	ーきれ	ーきろ ーきよ	ーき
恥じる	恥	ーじ	ーじ	ーじる	ーじる	ーじれ	ーじろ ーじよ	ーじ
落ちる	落	ーち	ーち	ーちる	ーちる	ーちれ	ーちろ ーちよ	ーち
似る	似	に	に	にる	にる	にれ	にろ によ	に
幹る	幹	ひ	ひ	ひる	ひる	ひれ	ひろ ひよ	ひ
滅びる	滅	ーび	ーび	ーびる	ーびる	ーびれ	ーびろ ーびよ	ーび
見る	見	み	み	みる	みる	みれ	ーみろ ーみよ	み
懲りる	懲	ーり	ーり	ーりる	ーりる	ーりれ	ーりろ ーりよ	ーり

　　"下一段動詞"指詞形發生變化時，其詞尾的一部分一直
在う段假名的下一段即え段假名上，後續る、れ、ろ（よ）等

後綴而變化的動詞（表7）（〝上一段動詞〞和〝下一段動詞〞也可統稱為〝一段動詞〞）。

表7

例詞	詞幹	未然形	連用形	終止形	連體形	假定形	命令形	推量形
得る	得	え	え	える	える	えれ	えろ えよ	え
覚える	覚	－え	－え	－える	－える	－えれ	－えろ －えよ	－え
助ける	助	－け	－け	－ける	－ける	－けれ	－けろ －けよ	－け
乗せる	乗	－せ	－せ	－せる	－せる	－せれ	－せろ －せよ	－せ
捨てる	捨	－て	－て	－てる	－てる	－てれ	－てろ －てよ	－て
尋ねる	尋	－ね	－ね	－ねる	－ねる	－ねれ	－ねろ －ねよ	－ね
並べる	並	－べ	－べ	－べる	－べる	－べれ	－べろ －べよ	－べ
改める	改	－め	－め	－める	－める	－めれ	－めろ －めよ	－め
流れる	流	－れ	－れ	－れる	－れる	－れれ	－れろ －れよ	－れ

〝カ變動詞〞指詞形發生變化時，其詞尾一部分只在か行假名內發生不規則變化的動詞。這類動詞只有〝来る（来）〞一個（表8）。

表 8

例詞	詞幹	未然形	連用形	終止形	連體形	假定形	命令形	推量形
来る	（来）	こ	き	くる	くる	くれ	こい	こ

　　〝サ變動詞〞指詞形發生變化時，其詞尾一部分只在さ行假名內發生不規則變化的動詞。這類動詞也只有〝する（做）〞一個（表9）。但它可以後續在漢語詞匯和外來語詞匯中帶動詞意義的詞後面，凡後續〝する〞的詞，都屬於〝サ變動詞〞。

表 9

例詞	詞幹	未然形	連用形	終止形	連體形	假定形	命令形	推量形
する	（す）	し せ さ	し	する	する	すれ	しろ せよ	し
勉強する	勉強	し せ さ	―し	―する	―する	―すれ	―しろ ―せよ	―し

6. 形容詞、形容動詞詞形變化

　　日語中表示人或事物的性質、狀態的詞，有兩種不同類別。一種被稱為形容詞，一種被稱為形容動詞（表10）。

"形容詞"全部以"い"結尾，因而也有人把它稱為"い
——形容詞"（或"一類形容詞"）。"形容動詞"詞尾部分
"だ"變化與助動詞"だ"一樣，因而得名（有的語法學家不
承認形容動詞的概念，認為它是"名詞＋だ"一個部分）。由
於它修飾名詞時，詞尾變成"な"，所以也有人稱它為"な
——形容詞"（或"二類形容詞"）。在日語語法中，講形容
詞或形容動詞的變化形式時，一般習慣於套用動詞詞形變化的
形式。但由於形容詞及形容動詞的性質所致，有的變化形式
（如"命令形"、"未然形"等）實際不存在。

表 10

例詞	詞幹	未然形	連用形	終止形	連體形	假定形	命令形	推量形
高い	高	○	―く ―かっ	―い	―い	―けれ	○	―かろ
悲しい	悲し	○	―く ―かっ	―い	―い	―けれ	○	―かろ
静かだ	静か	○	―に ―で ―だっ	―だ	―な	―なら	○	―だろ
立派だ	立派	○	―に ―で ―だっ	―だ	―な	―なら	○	―だろ

　　另外，日語的助動詞一般也都有詞形變化（除少數幾個沒

有）。它們的變化都可以按其變化形式歸屬於〝動詞變化型（可再分為何類動詞型）〞、〝形容動詞變化型〞和〝形容詞變化型〞的助動詞，其變化形式和普通動詞、形容詞、形容動詞一樣，這裡就不再重複。

7. 敬語和文體

日語中敬語很多，並成為一種體系，是學習日語的重點之一。日語的敬語一般分為尊敬語、自謙語、禮貌語三種。

〝尊敬語〞是對出現在語言中的人物表示尊敬的敬語，日語稱之為〝尊敬語（そんけいご）〞。這種敬語不僅限於尊稱，也用於受尊敬人的動作及物品。如：

〜先生（せんせい）　〜様（さま）　お医者（いしゃ）さん　お嬢（じょう）さん　あのかた

お荷物（にもつ）　お帽子（ぼうし）　お顔（かお）

おっしゃる　いらっしゃる　お読（よ）みになる　読（よ）まれる

〝自謙語〞是説話人通過謙遜，相對貶低自己或自己一方的動作及物品，從而相對提高對方的地位，表示敬意的敬語，日語稱之為〝謙讓語（けんじょうご）〞。如：

小生（しょうせい）　拙宅（せったく）　わたくし

いたします　存（ぞん）じます　お届（とど）けする　読（よ）ませていただく

〝禮貌語〞是説話人對聽話人表示禮貌的敬語，日語稱之為〝丁寧語（ていねいご）〞。如：

〜です　　〜（し）ます　　〜でございます

〜であります

おしぼり　　おやすみ　　お手伝い

　以上最後一種敬語（丁寧語）的〝です〞、〝ます〞形式用於文章中時，稱之為〝敬體〞。與之相對，在文章中不使用〝です〞、〝ます〞的形式，而使用動詞基本形等形式（如表示判斷時，不用〝です〞而用〝だ〞或〝である〞；表示動作時，不用〝行きます〞、〝行きました〞而用〝行く〞或〝行った〞），稱之為〝簡體〞。應該注意的是，用日語寫文章時，除有直接引用別人語言的情況外，要作到文體的統一，即用簡體時一律用簡體，用敬體時一律用敬體。

附錄二　單詞、短語總表

あ

あのう（1）喂。　ある（1）有、在。　あぶない（1）危険。　アパート（1）公寓。　あなた（1）你。　ありがとうございます（2）謝謝。　あいさつ（2）寒暄。　相変わらず（2）仍然。　遊ぶ（2）玩。　あら（2）哎呀。　明日（2）明天。　あけましておめでとうございます（3）新年好。　あがる（5）前來、停、升起。　朝（5）早上。　開ける（7）打開。　空く（8）空。　アメリカドル（9）美元。　相手（11）對方。　あらためて（11）重新、再。　相手払い（11）對方付款。　歩く（13）走、步行。　あの方（16）那一位。　あの（17）那個。　会う（18）見到、遇見。　姉（19）（我）姐姐。　案内係（20）導購員。　明るい（20）明亮的。　合う（20）合適。　あまり（20）太、過於。　ありがたい（20）難得、可喜。　頭（22）頭、腦袋。　洗う（22）洗。　足（23）脚。　あいづち（27）應聲、附和。　あんな（34）那樣的。　あいにく（36）不湊巧。　間（37）期間、之間。

足元 (38) 腳下。 熱い (42) 熱的。 アイス (42) 冰、冰涼。 あそこ (42) 那邊、那裡。 焦る (45) 焦慮、着急。 あと (46) 後面、距現在。 あれ (47) 那個。 雨 (49) 雨、下雨。 雨傘 (49) 雨傘。 雨靴 (49) 雨鞋。 雨宿り (49) 避雨。 暖かい (49) 暖和。 暑い (49) 熱。 朝焼け (49) 朝霞。 あられ (49) 霰子、粒雪。 あんまりだ (50) 太過分。 アポイント (53) 預約時間。 ある程度 (53) 一定程度。 安心 (53) 放心。

い

～いる (1) 補助動詞。表示動作持續或結果。 ～いただく (1) 補助動詞。表示請人為自己作……。 いま (1) 現在、剛剛。 急ぐ (1) 着急、快速。 石川 (1) 石川。 いらっしゃる (1) "在" 或 "來" 的敬語。 一冊 (1) 一本、一冊。 行く (1) 去。 いい (1) 好、可以。 いる (1) 有。 いってきます (2) 我走了。 いってらっしゃい (ませ) (2) 請慢走。 衣類 (7) 服裝。 家 (2) 家。 ～いく (2) 補助動詞。表示某動作後……去。 祝い (3) 祝福。 祈る (3) 祝願。 ～致す (3) 表示對動作者的自謙。 いいえ (5) 不。 いよいよ (6) 就要。 忙しい (6) 忙、繁

忙。　いろいろ（6）各種、各式各様、多方。　いけない（7）不行。　イギリス（9）英國。　一万円（9）（いちまんえん）一萬日圓。　いっしょに（9）一起、一塊兒。　印鑑（9）（いんかん）圖章。　入れる（10）（い）放入、投入。　いくら（10）多少錢。　行ける（13）（い）可以去、可以到、能去。　田舎（14）（いなか）鄉下、農村、老家。　いただきます（14）吃飯、喝茶前説的客套話。　意志（15）（いし）意志。　いかが（15）怎麼樣。　いつ（16）什麼時候。　痛い（16）（いた）疼。　インク（16）墨水。　石田（16）（いしだ）石田。　以上（16）（いじょう）以上。　一泊（16）（いっぱく）住一晚。　一階（19）（いっかい）一樓、一層。　色（20）（いろ）顏色。　炒める（20）（いた）炒。　烏賊（20）（いか）墨斗魚、烏賊。　一個（20）（いっこ）一個。　インチ（20）英寸。　一日（20）（いちにち）一天。　胃（23）（い）胃。　いっこうに（24）完全、一點兒也。　異常（24）（いじょう）異常。　医者（25）（いしゃ）醫生。　言う（25）（い）説。　意見（27）（いけん）意見。　いやいや（27）不不、不是。　息抜き（28）（いきぬ）休息一會兒、歇一口氣。　意味（30）（いみ）意思。　いただく（32）要、給我。　依頼（35）（いらい）請求、要求。　今のところ（36）（いま）現在、目前。　妹（36）（いもうと）妹妹。　いやだ（36）不願意、不喜歡。　意志（37）（いし）意志。　いや（40）不。　いちばん（41）第一、最。　慰問（45）（いもん）慰問。　いつも（46）平常、往常、經常。　池袋（47）（いけぶくろ）東京地名池袋。　家さがし（48）（いえ）找房

子。　いる（49）需要。　いつでも（51）隨時。　いらいら
（51）着急、急躁。　生きる（51）活。　いまごろ（52）現
在、這時候。　いい子（52）好孩子。　一時間（53）一個小
時。　以降（53）以後。　市場（53）市場。　以内（53）以
内。　いつごろ（53）何時、什麼時候。

う

伺う（1）打聽、拜訪。　売る（1）賣、出售。　受付（1）
傳達室、導購處。　生まれる（3）出生。　打つ（10）打。
受ける（12）受、接（電話）。　上（16）上、上面。　売り
切れる（17）賣光、售完。　うれしい（18）高興。　後ろ
（19）後面。　売り場（20）賣場。　動かす（32）挪動。
運転（39）開（車）、駕駛。　うち（40）（我）家。　動く
（41）動。　生まれ（47）出生。　うつくしい（50）美麗。
〜うえで（53）……之後。　売れ行き（53）銷售、銷路。

え

駅（1）車站。　駅員（1）車站工作人員。　絵はがき（10）
繪圖明信片、彩照明信片。　営業課（11）營業科。　遠慮
（14）客氣、謝絶。　映画（15）電影。　閲覧室（19）閲覧

室。 エレベーター（20）電梯。 影響（53）影響。 L／C（53）信用狀。 F.O.B.（53）船上交貨。

お

お願いします（1）拜託。 王（1）王。 （お）いくら（1）多少錢。 （お）話し中（1）正在説話、（電話）佔線。 推す（押す）（2）推、按。 おはようございます（2）早安。 お帰りなさい（2）你回來了。 お先に（2）先……。 お休みなさい（2）晩安。 お元気ですか（2）你好嗎。 おかげさまで（2）托您的福。 お久しぶりです（2）好久不見。 お変わり（2）變化。 おる（2）"いる"的自謙語。 送る（2）送。 おめでとう（ございます）（3）祝賀、恭喜。 女の子（3）女孩。 お……になる（3）表示對動作者的尊敬。 お悔やみ（4）弔唁。 お子様（4）（您）的孩子。 思う（5）想、覺得。 奥さん（6）（您）夫人。 お子さん（6）孩子。 恐れ入る（6）不敢當。 おみやげ（7）禮物。 〜おく（8）補助動詞。表示預先作。 起こす（8）叫起。 おく（置く）（10）擺、有售、放。 大きさ（10）大小。 お宅（11）家、宅邸。 遅い（11）晩、慢。 お手数（11）費心、麻煩。 終わり（11）結束、完了。 大井

（12）大井。　教える（13）教、告訴。　お茶（14）茶葉、茶水。　終わる（15）完了、結束。　おいしい（15）好吃、好喝、香美。　音楽会（15）音樂會。　女（16）女的。　覚える（16）記得、記住。　おいで（16）"いる"的敬語。　起きる（おきる）（16）起床、發生。　お目にかかる（18）見到（自謙語）。　奥（19）裡面。　大きな（19）大的。　おつり（20）找的錢。　大きい（20）大、大的。　お客さん（21）客人、顧客。　多い（21）多。　同じ（22）同様、相同的。　押さえる（23）按、壓。　お見舞い（25）探視、問候。　お大事に（25）保重。　おっしゃる（27）"言う"的敬語。　思い出す（28）想起、想出。　お礼（33）道謝。　遅れる（34）遲到。　お世話（33）照顧。　お詫び（34）道歉。　お金（36）錢。　折る（39）折斷。　おもしろい（40）有趣、有意思。　お腹（43）肚子。　おごり（43）請客、作東。　重い（47）重、沈。　お湿り（49）濕氣、下雨。　下りる（49）下（霜等）。　怒る（52）生氣、發火。　負う（53）承擔、負（責任）。　オファー（53）報價。　送れる（53）可以送到、能寄。

か

〜が（1）助詞。表示婉轉接續。 〜か（1）助詞。表示疑問。 会社（1）公司。 貸す（1）借給、借出。 〜が（1）助詞。表示主格。 階（1）（樓）層。 方（1）"人"的敬語。 カバン（1）書包、公文包。 家族（2）家屬、家裡人。 家内（2）我妻子。 帰る（2）回家、回來。 〜から（4）助詞。表示起點、從……。 課長（5）課長、科長。 会議（5）會、會議。 カード（7）卡片。 かかる（7）需要、花費。 替える（8）更換。 外国（9）外國。 カウンター（9）窗口、櫃台。 かける（11）掛、打（電話）、添（麻煩）。 かわる（変わる）（12）換、變、變化。 外出（12）外出。 環境（14）環境。 考え（16）想法。 傘（16）雨傘。 学校（16）學校。 買う（17）買。 学生（19）學生。 買い物（20）購物、買東西。 〜から（20）助詞。表示原因、理由。 感じ（21）感覺。 形（22）形狀。 刈り上げる（22）推頭、理髮。 角刈り（22）平頭。 顔色（23）臉色。 体（23）身體。 風邪（23）感冒。 かなわない（23）……得不得了。 関節（23）關節。 肝臓（23）肝臟。 痒い（23）癢。 眼科（24）眼科。 関係

— 203 —

（24）關係。 ～がち（24）容易……、常常……。 かしこまりました（26）知道了。 会（27）會。 変える（28）改變。 勝つ（28）勝、贏。 替わり（28）代替、代理。 彼女（29）她。 確認（30）確認。 借りる（32）借入、借用。 書く（34）寫。 簡単（35）簡單。 考え方（37）想法。 書き上げる（37）寫完、寫好。 渇く（42）乾渇。 勘定（43）算帳、結帳。 かわいい（44）可愛 書ける（44）能寫、會寫。 がっかり（45）失望、灰心喪氣。 がんばる（46）加油、堅持。 完成（46）完成。 過去（46）過去、以往。 語る（46）談、説。 かまわない（48）沒關係。 関する（49）關於。 かも知れない（49）可能……、也許……。 感情（50）感情。 かなしい（50）傷心。 かわいそうだ（50）可憐。 かぶる（50）戴（帽子）。 仮定（51）假定。 加工（53）加工。 カラー（53）顔色、色彩。 改善（53）改善。 加工業（53）加工行業。 価格（53）價格。 開設（53）開、開設。 加入（53）加入、參加。

き

切手（1）郵票。 餃子（1）餃子。 今日（2）今天。 気

をつける（2）注意、小心、留心。　決まる（3）決定。　恐
縮（5）慚愧、不敢當。　急だ（5）緊急。　機内（7）飛機
上。　銀行（9）銀行。　キャッシュ・カード（9）提款卡。
帰国（14）回國。　気持ち（15）心情。　昨日（16）昨天。
教師（19）教師。　教室（19）教室。　気にいる（20）滿
意、稱心。　牛肉（20）牛肉。　切る（20）切。　キャベツ
（20）玻璃菜、洋白菜、包菜。　切り売り（20）切開賣。
気分（23）心情、身體情況。　効く（24）有效、見效。　聞
く（26）聽、聽見、聽説。　聞かせる（29）講給……聽。
協力（29）協力、幫助。　聞き返す（30）再問、反問。
聞き取れる（30）聽清楚。　聞こえる（30）聽見。　急用
（31）急事。　着る（32）穿（衣服）。　許可（32）許可、允
許。　～ぎみ（36）有點……、稍微……。　兄弟（36）兄
弟。　希望（36）希望。　機会（36）機會。　きっぱり（37）
斷然、乾脆。　気にする（38）介意。　行儀（39）禮貌、舉
止。　木（39）樹、木頭。　禁止（39）禁止。　キップ（40）
票。　金曜日（40）星期五。　記念写真（41）記念照片。
喫茶店（42）咖啡店。　きれいだ（44）漂亮、乾淨。　君
（44）你。　気を落とす（45）灰心、洩氣。　きっと（45）
一定、肯定。　気（45）心情、心氣。　汽車（47）火車。

霧（49）霧。　生地（53）質料。　期日（53）日期。　競争（53）競爭。　貴社（53）貴公司。

く

〜くる（1）補助動詞。表示作某動作後……來。　来る（1）來。　ください（1）請給我。　グラム（1）克。　くつろぐ（2）輕鬆地休息。　車（2）車、汽車、小汽車。　〜ください（2）請……。　空港（6）機場。　クリーニング（8）洗衣服。　〜ぐらい（10）表示大約、左右。　くだもの（16）水果。　具合（16）身體情況。　クラスメート（19）同班同學。　グランド（19）操場、運動場。　グリーン（20）綠色。　くすり（24）藥。　クラス会（26）班會。　詳しい（32）詳細。　〜くれる（35）給我作……。　くつ（39）鞋。　暗い（38）黑暗。　比べる（47）對比。　雲（49）雲。　曇り（49）陰天。　くだらない（50）無聊。　具体的（53）具體的。

け

研究室（1）研究室。　結婚（3）結婚。　けっこうだ（8）行、可以。　原因（16）原因。　下痢（23）拉肚子。　血圧

（24）血壓。　外科（24）外科。　原則（27）原則。　件
（28）事情、事件。　～けど（28）助詞。表示逆轉。　玄関
（39）大門口。　景色（44）景色、風景。　健康（45）健
康。　激励（46）激勵。　今朝（49）今天早晨。　現在（53）
現在、當前。　経営（53）經營。　検討（53）商討、研究。
決済（53）決算、結帳。

こ

この（1）這個。　こちら（1）這邊。　こんにちは（2）你
好。　こんばんは（2）晩安。　ご無沙汰（2）久違、久未問
候拜訪。　このへん（2）這裡、這附近、這一帶。　ここ（2）
這裡。　ごめんください（2）再見、對不起、有人在嗎。
このたび（3）這次。　今年（3）今年。　今後とも（3）今
後也。　心（4）心、内心。　公司（5）公司。　～ことにな
る（5）表示決定、定好。　こちらこそ（5）答謝用。我才應
該……。　～こと（5）表示事情。　ご主人（6）您先生。
これ（6）這個。　ござる（6）〝ある〞的敬語。　午後（8）
下午。　五千円（9）五千日圓。　口座（9）銀行戶頭。　航
空便（10）航空信。　このまま（10）就這樣、原封不動。
小包（10）郵包。　語（10）語（種）。　コレクトコール

（11）對方付款、受方付款。 国際電話（11）國際電話。

ご存知（13）知道、了解。 コーヒー（15）咖啡。 航空券（16）飛機票。 困る（16）不好辦。 江（19）江。 公衆電話（20）公共電話。 交換（20）交換、換。 こっち（20）這、這邊、這個。 こんな（20）這樣的。 コーナー（20）角、專櫃。 細かい（20）零碎的。 小間切（20）小塊兒。 こめかみ（22）鬢角。 子供（23）孩子、小孩兒。 ころ（23）時候。 ごも、ともです（27）您説得對。 これから（28）下面、從現在起、今後。 断る（28）事先通知、謝絕、回絕。 考慮（29）考慮。 声（30）聲音。 ことば（30）措詞、説法。 乞う（32）請求、乞討。 ごちそうさま（33）承您款待。 ごめんなさい（34）對不起。 好意（36）好心。 交際範囲（36）交際範圍。 今月（36）這個月。 今回（36）這次。 今週（37）這星期。 今晩（37）今晩、今天晚上。 コート（39）大衣、外套。 公園（40）公園。 今度（41）這次、下次。 コーラー（42）可口可樂。 ご馳走（43）好吃的、請吃。 五目そば（43）什錦蕎麥麺。 こっち（47）這、這邊、這個。 交通（48）交通。 小雪（49）小雪。 ～ことができる（50）表示能够……。 小犬（50）小狗。 合格（50）合格、及格。 こりゃあ（50）

〝これは〟的口語。　小林（52）小林。　工芸品（53）工藝品。　コスト（53）成本。　後日（53）日後、改日、將來。　コンテナ（53）貨櫃箱。　神戸（53）兵庫縣神戸市。

さ

～さん（1）稱呼人時用。　さようなら（2）再見。　参列（4）參加。　さっそく（5）馬上、立刻。　先に（8）先。　三時（8）三點鐘。　～様（8）〝さん〟的敬語。先生、小姐等。　札（9）鈔票。　サイン（9）簽字、簽名。　差し出す（10）拿出、遞上。　在宅（11）在家。　最後（12）最後。　騒がせる（14）驚動、騷擾。　散歩（15）散步。　さくら（16）櫻花。　酒（16）酒。　探す（16）找。　昨晩（16）昨天晚上。　サイズ（20）尺寸、大小。　魚屋（20）魚店。　魚（20）魚。　鯖（20）青花魚。　散髪屋（22）理髮店。　指す（22）指。　寒気（23）發冷。　昨夜（23）昨天夜裡。　残念（26）可惜。　参加（27）參加。　さて（28）那麼。　サッカー（28）足球。　さっき（28）剛才。　さきほど（29）剛才。　差し支え（35）妨礙、費事。　賛成（37）贊成。　騒ぐ（39）吵鬧、喧嘩。　魚釣り（40）釣魚。　誘い（40）相邀。　三脚（41）三脚架。　～さえすれば（45）表示只要…

— 209 —

…。 寒い（47）寒冷。 最近（53）最近。 サンプル（53）様本。 参考（53）参考。 ３割り（53）三成。

し

新聞（1）報紙。 新宿（1）東京地名新宿。 失礼します（2）再見、失陪。 じゃま（2）麻煩、打攪。 就職（3）就職、工作。 新年（3）新年。 出産（3）生育、生孩子。 愁傷（4）悲惨。 〜しまう（5）補助動詞。表示動作完了或發生不理想的結果。 時間（6）時間。 品物（7）東西、物品。 シングル（8）單人房間。 静かだ（8）安静的。 重量（10）重量。 重量制限（10）重量限制、重量規定。 実は（11）其實。 失礼（12）對不起。 少々（12）稍微、稍稍。 出張（12）出差。 品（14）東西、物品、質量。 書斎（14）書房。 食事（15）飯、吃飯、用餐。 仕事（15）工作。 質問（16）詢問。 知り合い（16）認識、熟人。 事務室（16）辦公室。 〜しか（16）助詞。表示只……。 食堂（16）食堂、餐廳。 自信（17）信心。 自己紹介（18）自我介紹。 沈（18）沈。 紹介（19）介紹。 事務局（19）事務局。 試着（20）試穿。 食器類（20）餐具類。 シャンプー（21）洗髪、洗髪精、洗髪水。

写真（21）照片、照相。　白い（21）白、白的。　自分（22）自己。　食欲（23）食慾。　締め付ける（23）捆緊、勒緊。心臓（23）心臓。　診察（24）看病。　歯科（24）牙科。市販（24）在市場（商店）出售。　耳鼻科（24）耳鼻科。小学（24）小學。　手術（24）手術。　食前（24）飯前。食後（24）飯後。　授業（26）講課、上課。　十時（26）十點鐘。　承知（26）知道、同意、允許。　しかし（27）但是、可是。　試合（28）比賽。　時間どおりに（28）按時。上手だ（30）好、高明、棒。　謝絶（36）謝絶。　書類（35）文件、表格。　出席（36）出席。　仕方がない（36）沒辦法。　試験（37）考試。　助言（38）忠告、建議。　授業中（39）上課期間、正在上課。　親戚（40）親戚。　自動（41）自動。　シャッター（41）（照相機）快門。　自動販売機（42）自動販賣機。　ジュース（42）果汁、汁。　失敗は成功のもと（45）失敗為成功之母。　失敗（47）失敗。身長（47）身高。　自炊（48）自己做飯。　自分（48）自己。　敷金（48）保證金。　しとしと（49）細雨濛濛。　～し（49）助詞。表示兩個事物同時存在。　湿気（49）濕氣、潮氣。　じめじめ（49）潮濕。　じつに（50）實在、的確。叱る（50）訓斥。　事務所（51）辦事處。　信じる（51）相

信。　信念_{しんねん}（51）信念。　心配_{しんぱい}（52）擔心。　至急_{しきゅう}（53）火速、趕快。　次第_{しだい}（53）……立刻。　商談_{しょうだん}（53）商業談判。　商談室_{しょうだんしつ}（53）會談室。　状況_{じょうきょう}（53）狀況、情況。　刺繡_{ししゅう}（53）刺繡。　市場_{しじょう}（53）市場。　人事費_{じんけんひ}（53）人事費。　市場調査_{しじょうちょうさ}（53）市場調査。　知_しらせる（53）通知、告訴。　商品_{しょうひん}（53）商品。　しっかり（53）好好、牢固。　信用状_{しんようじょう}（53）信用狀。

す

すみません（1）對不起。　少_{すこ}し（2）一點兒。　すぐ（2）馬上、立刻。　スーッケース（7）旅行衣箱。　する（8）做。　すっかり（14）完全、全部。　吸_すう（15）吸、抽（煙）。　好_すきだ（16）喜歡、愛好。　住_すむ（16）住。　すすめる（17）勸誘、推薦。　推薦_{すいせん}（17）推薦。　スーパーマーケット（20）超級市場。　〜すぎる（20）太……、過於……。　〜ず（20）助動詞。表示否定。　ずきずき（23）陣陣作疼的樣子。　睡眠薬_{すいみんやく}（24）安眠藥。　頭痛_{ずつう}（25）頭痛。　すぐれる（36）好、出色。　空_すく（43）空、（肚子）餓。　すばらしい（44）極好、真棒。　過_すぎる（46）過去。　ずっと（47）比……得多。　水洗_{すいせん}（48）水洗、水沖。　涼_{すず}しい

（49）涼快。　すてきだ（50）真漂亮。　過ごす（50）渡過。　数年（50）幾年。　すでに（53）已經。　数量（53）數量。　すべて（53）全部、一切。

せ

先生（1）先生、老師、醫生。　～せる（5）助動詞。表示使役。　全部（6）全部。　世話になる（6）受照顧。　税関（7）海關。　税金（7）上税、税款。　千円札（9）一千日圓鈔票。　席（12）座位。　説明（16）説明。　先週（16）上星期。　専門（18）專業。　セーター（20）毛衣。　先日（20）前幾天、上次。　セット（21）整理。　咳（23）咳嗽。　せっかく（36）特意。　先約（36）事先有約。　絶対（37）絕對。　ぜひ（37）一定、務必。　全国（37）全國。　説明書（38）説明書。　背（47）個頭兒。　銭湯（48）公共澡堂。　製品（53）産品。　全責任（53）全部責任。

そ

総務課（1）總務科。　そこ（1）那裡。　その（2）那個。　それでは（2）那麼。　卒業（3）畢業。　葬儀（4）葬禮。　外（5）外面。　それから（9）然後。　送金（9）寄錢、匯

款。　そうですか（11）是啊。　損（17）吃虧。　そのまま（20）就那樣。　それとも（20）還是。　染める（21）染。　剃る（22）刮（鬍子）。　その通り（27）正是那樣、完全正確。　それはそれは（27）那可真是。　その後（28）那以後。　そうそう（28）對了對了。　そう言えば（28）那麼説來。　それはそうとして（28）這個暫且不談。　その節（33）那時、那次。　それだけ（36）那些、那樣程度。　そんな（39）那樣。　相談（39）商量、商談。　～そうだ（44）助動詞。表示好像……。　そんなに（48）那樣。　～そうだ（49）助動詞。表示傳聞。　～ぞ（50）助詞。表示強烈的心情。　育つ（52）成長。　そちら（53）您那裡。　即答（53）立即答復。　早急（53）緊急、火速。

た

出す（1）寄出、發出、拿出。　～たい（1）助動詞。表示願望。　～たら（1）表示假定。　田中（1）田中。　尋ねる（1）詢問、打聽、訪問。　立つ（1）站、站立。　多幸（3）多福。　代表団（5）代表團。　大学（5）大學。　～だけ（7）助詞。表示限定範圍。　ダブル（8）雙人房間。　田代（11）田代。　ただいま（12）現在、剛剛。　たいした（14）

了不起的、了不得的、大量的。　たばこ（15）香煙。　食べ<ruby>た</ruby>る（15）吃。　だれ（16）誰。　だれか（16）誰、什麼人。足りる<ruby>た</ruby>（16）够、足够。　たいへん（17）很、非常、特別。建物<ruby>たてもの</ruby>（19）建築物。　高い<ruby>たか</ruby>（20）高、貴。　大根<ruby>だいこん</ruby>（20）白蘿蔔。　タイプ（20）式樣、類型。　だるい（23）疲倦。　痰<ruby>たん</ruby>（23）痰。　～たまらない（23）……得不得了。　体温計<ruby>たいおんけい</ruby>（24）體溫計。　だいぶ（25）相當。　ため（27）表示為了……。　～たらどうですか（38）表示勸誘。　大<ruby>だい</ruby>は小<ruby>しょう</ruby>を兼ねる（38）大能兼小。　第三課<ruby>だいさんか</ruby>（39）第三課。　大切だ<ruby>たいせつ</ruby>（45）重要、珍惜。　大事だ<ruby>だいじ</ruby>（45）重要、保重、貴重。　だいたい（48）大約。　台所<ruby>だいどころ</ruby>（48）廚房。　たのしい（50）快樂。たいへんだ（50）不得了。　たとえ（51）假使。　～だろう（52）助動詞。表示推量。　他社<ruby>たしゃ</ruby>（53）其他公司。

ち

ちょっと（1）稍微、一點兒。　注文<ruby>ちゅうもん</ruby>（1）訂貨、預訂、叫（菜）。　地図<ruby>ちず</ruby>（1）地圖。　近く<ruby>ちか</ruby>（1）附近。　父<ruby>ちち</ruby>（2）父親。　陳<ruby>ちん</ruby>（5）陳。　チェック・アウト（8）退房。　超過<ruby>ちょうか</ruby>（10）超過。　張<ruby>ちょう</ruby>（11）張。　～中<ruby>ちゅう</ruby>（12）正在……中。　地<ruby>ち</ruby>下鉄<ruby>かてつ</ruby>（13）地鐵。　中国茶<ruby>ちゅうごくちゃ</ruby>（14）中國茶葉。　中国<ruby>ちゅうごく</ruby>（14）

中國。 中華料理（16）中國菜。 調味料（20）調味料。 小さ目（20）小一點兒。 違う（20）不一樣。 注射（24）注射、打針。 中断（31）中斷。 注意（38）提醒。 ちゃんと（39）規規矩矩、好好地。 彫刻（44）雕刻。 中国語（44）中國話、漢語。 力（47）力量、力氣、勁兒。 小さい（49）小的。 茶碗（50）茶碗、飯碗。 調子（52）情況。 縮める（53）縮短。

つ

伝える（1）轉告。 詰める（2）擠、塞。 疲れる（5）累。 作る（9）作。 〜つもり（15）打算……。 〜ついて（16）表示關於……、就……。 机（16）桌子。 勤める（18）工作、任職。 包む（20）包。 使う（24）使用。 都合がある（26）有原因。 都合（27）原因、情況。 続き（29）繼續。 続ける（30）繼續。 ついでに（35）順便。 妻（36）（我的）妻子。 次（36）下次。 通路（39）通道、過道。 使える（41）可以使用、能用。 冷たい（42）冷、涼。 追加（43）追加。 強い（47）強。 つく（48）附帶。 通学（48）上學。 梅雨（49）梅雨。 続く（49）繼續、持續。 つらい（50）難受、難過。 積み卸（53）裝

卸。　通貨（53）貨幣、通貨。　追加注文（53）追加訂貨。

て

〜で（1）助詞。表示場所。　手紙（1）信。　〜て（1）助詞。表示動作的連續。　デパート（1）百貨公司。　電車（1）電車。　天気（2）天氣、晴天。　出かける（2）出去、出門、外出。　〜で（2）助詞。表示手段。　出迎え（5）迎接。　出る（5）出去、出席。　できる（6）能、會。　手続き（7）手續。　〜でも（8）助詞。表示無論……都……。できたら（9）可能的話。　程度（10）程度。　電報（10）電報。　電文（10）電文。　電話（11）電話。　〜でも（11）助詞。表示舉例提示。　伝言（11）傳言。　電話局（11）電話局。　手伝う（15）幫忙。　〜ても（17）助詞。表示即使……也……。　店員（20）店員。　手が出ない（20）無能為力、無法着手。　電気屋（20）電氣商店。　テレビ（20）電視。　手足（23）手脚。　できるだけ（25）盡量、盡可能。では（25）那麼。　出れる（28）能出席。　手放す（36）放手、撒手。　手数（35）費事、費心。　手を貸す（35）幫人。　テープ・レコーダー（39）錄音機。　でも（40）不

— 217 —

過、可是。 手さばき（44）手法技巧。 ＤＫ（48）帶餐廳的廚房。 天候（49）天氣。 電気代（48）電費。 天気預報（49）天氣預報。 手を出す（51）動手、插手。 デザイン（53）設計、式様。 〜点（53）在……點上。 手配（53）安排。

と

どこ（1）哪裡、哪兒。 〜と（1）助詞。表示並列。 どちら（1）哪裡、哪邊。 〜と（1）助詞。表示説話内容。 どの（1）哪個。 東京都（1）東京都。 鶏肉（1）鶏肉。 〜という（1）叫作……。 ところ（1）時候、地方。 〜と（1）助詞。表示假定。 〜とのこと（3）表示聽説。 どうも（4）實在、太。 道中（5）途中、一路上。 とんでもありません（とんでもない）（5）哪裡的話。 どうぞ（6）請。 トランク（7）旅行箱。 どういう（7）什麼様的。 どれくらい（8）多少、多久。 届ける（8）送到。 トラベラーズ・チェック（9）旅行支票。 どちら様（12）哪一位。 どう（13）怎様、怎麼。 どのくらい（13）多少、多久。 通り（13）街道、大街。 突然（14）突然。 土曜日（15）星期六。 どの方（16）哪一位。 どなた（16）哪一

位、誰。　どれ（16）哪個。　どこか（16）什麼地方。　敦煌（16）敦煌。　どんな（16）什麼樣的。　同僚（19）同事。　図書館（19）圖書館。　床屋（22）理髮店。　ドライヤー（22）吹乾。　止まる（23）停止。　とき（23）時候、時間。　どうして〜（24）為什麼、不知怎麼的、不知怎樣。　〜通り（27）按……樣。　道理（27）道理。　とにかく（27）總之、反正。　〜として（27）作為……。　ところで（28）那麼、可是。　努力（29）努力。　どうしても（30）無論如何。　途中（31）中途。　同意（36）同意。　どうせ（38）反正。　撮る（41）拍攝、照（相）。　年上（47）年長、年齡大。　年（47）年、年齡。　東京（47）東京。　遠い（47）遠。　〜とか（48）助詞。表示例示或列舉。　トイレ（48）廁所。　取引（53）交易。　到着（53）到達。　届く（53）送到、寄到。

な

中（2）裡面。　〜ない（2）表示否定。　〜なければならない（2）必須……。　亡くす（4）喪失。　名残惜しい（6）惜別、戀戀不捨。　なる（6）成為。　並ぶ（7）排列、排隊。　など（7）助詞。表示列舉。　なにか（8）什麼。　〜

なら（8）助動詞。表示假定。 何時（8）幾點鐘。 何キロ（10）幾公斤。 何日（10）幾天。 中村（11）中村。 中野（11）中野。 名前（12）名字、姓名。 なん（13）什麼、多少。 永井（14）永井。 〜ながら（14）助詞。表示一邊……一邊……。 長居（14）久坐。 なに（何）（15）什麼。 夏休み（16）暑假。 梨（16）梨。 中野進（16）中野進。 中井（18）中井。 なれる（18）能成為。 何階（20）幾樓、幾層。 〜な（22）助詞。表示感嘆。 なんとなく（23）不知為什麼、有點兒。 なんだか（23）總有點、不由得。 内科（24）内科。 治る（24）治好、痊癒。 なるほど（27）的確、果然。 ない（28）沒有。 なんとか（29）想辦法、設法。 慰める（45）安慰。 長い（45）長久。 夏（47）夏天、夏季。 長生き（51）長壽。 眺め（50）景觀。 何時ごろ（53）幾點鐘。 なかなか（53）相當。

に

〜に（1）助詞。表示場所。 肉屋（1）肉店。 〜に（1）助詞。表示對象。 〜に（1）助詞。表示方向。 日常（2）日常。 日曜日（2）星期日。 荷物（5）行李。 入国（7）

入境。　日本円（7）日圓。　〜にする（8）表示要……。
〜に（15）助詞。表示動作的目的。　二階（19）二樓、二
層。　肉（20）肉。　二匹（20）兩條（魚）、兩匹。　にん
にく（20）大蒜。　二本（20）兩根、兩瓶。　苦手（24）不
擅長、棘手。　日夜（29）日夜、經常不斷地。　日本語（30）
日語。　二人前（43）兩人份。　似合う（44）合適、匹配。
庭（44）院子。　入試（46）入學考試。　日本間（48）日本
式房間、和式房間。　〜によると（49）表示依據……。
日本（53）日本。　〜にくい（53）難……。

ぬ

脱ぐ（39）脱（鞋）。

ね

熱（16）發燒。　眠れる（16）能睡着。　値段（20）價錢、
價格。　捻挫（23）扭傷、挫傷（關節）。　猫（50）猫。

の

〜の（1）助詞。表示所有。　〜のです（1）表示判斷、説
明。　〜ので（1）助詞。表示原因、理由。　乗る（1）乘

坐。　ノート（1）筆記本。　のちほど（11）隨後、回頭。
乗り換える（13）換乗。　ノック（14）敲門。　飲む（15）
喝、吃（藥）。　喉（16）喉嚨。　乗り方（16）乗坐方法。
脳外科（18）脳外科。　飲み薬（24）内服藥。　飲み過ぎる
（39）喝多了。　のち（49）以後、之後。　納期（53）交貨
日期。　納品（53）交貨。

は

〜は（1）助詞。表示主題。　早めに（1）盡快。　売店（1）
販賣部。　バス（2）公車。　箱（2）箱子、盒子。　早い
（2）早、快。　〜ば（2）助詞。表示假定。　入る（6）進
入。　運ぶ（8）搬運。　ハガキ（10）明信片。　量る（10）
稱、量。　はる（10）貼。　はずす（12）摘下、離開座位。
番地（13）牌號。　花（16）花。　はっきり（16）清楚。
長谷川（16）長谷川。　話（16）話、故事、話題。　はじま
る（16）開始。　はじめまして（18）初次見面。　はじめて
（18）第一次。　母（19）（我）母親。　白菜（20）大白菜。
はかり売り（20）論斤兩賣。　パーマ（21）燙髮。　鼻づま
り（23）鼻子不通。　鼻水（23）鼻水。　吐き気（23）想
吐。　腹（23）肚子、腹部。　歯（23）牙齒。　肺炎（23）

肺炎。　はい（27）哎、是。　場合（27）場合、情況。　話
す（28）講、説。　パーティー（28）宴會、舞會。　パンフ
レット（32）單行本、小冊子。　場所（34）地方、場所。
反対（36）反對。　バカチョン（41）傻瓜相機。　励ます
（46）鼓勵。　半年（47）半年。　払う（48）支付。　晴れ
る（49）晴、變晴。　晴れ（49）晴。　梅雨（49）梅雨。
ばんざい（50）萬歲。　～ばかり（50）助詞。表示只……。
犯人（51）罪犯、凶手。　走る（52）跑。　激しい（53）激
烈。　働く（52）工作、勞動。　破損（53）破損。　パーセ
ント（53）百分之……。　半月（53）半個月。　発送（53）
出貨。

ひ

暇（2）有空。　人（5）人。　飛行機（5）飛機。　日当た
り（8）採光、日照。　開く（9）開、開設。　便箋（10）信
紙。　昼（15）中午、白天。　病状（16）病情。　日取り
（16）日期、日程。　ドル（19）樓房。　ひらめ（20）比目
魚。　美容院（21）美容院。　ひげ（22）鬍子。　病気（23）
病、生病。　引く（23）拉、得（感冒）。　左（23）左、左
邊。　病院（24）醫院。　皮膚科（24）皮膚科。　退く（25）

退（燒）。　人違い（34）講錯人。　広い（36）寛。　ひとつ（42）一個、一份。　ビール（43）啤酒。　ひといき（46）一口氣。　比較（47）比較。　一人（48）一個人。　表現（49）表達方式。　ひどい（49）凶猛、厲害、殘酷。　日傘（49）陽傘。　美人（51）美人。　評判（53）評價、聲譽。品質（53）（産品）品質。

ふ

フロント（1）總服務台、前台。　二つ（1）兩個、兩份。豚肉（1）豬肉。　普通予金（9）活期存款。　封筒（10）信封。　船便（10）海運。　不在（11）不在。　冬休み（15）寒假。　ふるさと（16）故鄉、老家。　婦人服（20）婦女服裝。　服（20）衣服。　豚（20）豬。　風呂（23）洗澡、澡盆。　婦人科（24））婦科。　～分（35）份、部分。　冬（47）冬天、冬季。　不便だ（48）不方便。　降る（49）下（雨、雪）。　服装（53）服裝。　増える（53）增加。　不安定（53）不穩定。　船積期（53）裝船日期。　船積み（53）裝船。

へ

部屋（1）房間。　ペン（1）鉛筆。　〜へ（1）助詞。表示方向。　便利だ（14）方便。　北京（16）北京。　勉強になる（17）受用、學到東西。　別（20）別的、另外。　便秘（20）便秘。　ヘアスタイル（21）髪型。　返事（25）回答、回信。　変更（26）變更。　〜べき（27）助動詞。表示應該……。　下手だ（40）拙劣、不擅長。　平米（48）平方米。　部屋代（48）房租。　米ドル（53）美元。　米ドル建て（53）以美元支付。

ほ

ホテル（1）飯店、賓館。　〜ほしい（1）想要、要買。　ポケット（1）口袋、衣袋。　ほど（1）左右、程度。　ほんとうに（3）實在、太、真。　ポンド（9）英鎊。　香港ドル（9）港幣。　ポスト（10）郵筒。　本屋（16）書店。　〜ほうがいい（17）表示最好……。　保証（17）保證。　〜ほう（20）……方面。　ほんの（25）僅僅、一點兒。　本当（27）真的。　本日（33）今天。　ぼく（35）我（男性用）。　誉める（44）稱讚、誇獎。　帽子（44）帽子。　本社（53）總

公司。　保険（53）保険。　包装（53）包裝。

ま

〜まで（2）助詞。表示到達。　松井（5）松井。　待つ（5）等待。　まいる（5）〝行く〞、〝来る〞的自謙語。　枚（7）張。　また（11）又、還、再。　まもなく（12）不久、一會兒。　まだ（16）還。　前（16）以前、前面。　間違い（17）錯誤。　〜前（20）……之前。　前髪（21）瀏海。　〜までだ（27）只是……。　まさか（27）不會……。　まことに（33）實在、太。　まちがえる（34）弄錯。　招き（36）邀請。　まず（43）先、首先。　まあ（50）哎呀。　間に合う（51）來得及、趕得上。　曲げる（51）彎曲、改變。　まだまだ（53）還、仍、尚。

み

道（1）道路。　皆さま（2）大家、各位。　みなさん（2）大家、各位。　見送り（6）送行。　見つかる（7）發現、找到。　見せる（10）讓……看看。　〜みる（10）補助動詞。表示試著做……。　民芸品（14）民間工藝品。　見る（15）看。　見える（19）能看見、看得見。　短い（21）短。　短

— 226 —

め（22）短一點兒。　耳（23）耳朶。　みんな（27）大家、諸位。　右（41）右、右邊。　三つ（43）三個、三份。　みごとだ（44）好看、精彩。　未来（46）未來。　身の上話し（50）經歷、身世。　見本（53）様本。

む

向こう（19）對面。　向こう側（19）對面。　胸焼け（23）燒心、翻酸心。　胸（23）胸口、胸部。　無理だ（25）勉強、難辦、強要。　難しい（30）難。　息子（33）兒子。　蒸し暑い（49）悶熱。

め

メッセージ（8）留言。　召し上がる（15）〝食べる〞、〝飲む〞的敬語。　名刺（18）名片。　メーカー（20）廠家、製造廠。　目まい（23）頭暈。　迷惑（34）麻煩。　面倒だ（35）麻煩、費事。　命令（39）命令。　メニュー（43）菜單。　綿製品（53）棉產品。　面（53）方面。

も

もしもし（1）喂。　申し訳ない（1）對不起。　申す（1）

"言う"的（自謙語）。　もの（物）（1）東西、物品。
もう（2）再稍微、就要。　～も（2）助詞。表示並列、也…
…。　持つ（5）拿、帶。　もらう（7）得到、索取。　～も
の（11）人、者。　戻る（12）回來、返回。　申し遅れる
（18）沒有及早告訴、説晚了。　盲腸（24）盲腸、蘭尾。
もちろん（27）當然。　問題（28）問題。　戻す（29）還
原、退回。　もう一度（30）再一次。　持ち込む（39）帶
進、拿進。　もっと（39）更加。　もし（40）如果。　盛り
そば（43）小籠蕎麥麵。　もうひとつ（53）還差一些。

や

山田（1）山田。　やる（2）做。　山口（11）山口。　夜分
（11）夜間、夜裡。　やあ（14）呀、哎呀。　安い（20）便
宜的。　野菜（20）蔬菜。　やはり（20）還是、仍然。　薬
局（24）藥局。　～やすい（30）容易……。　休む（32）休
息、請假。　約束（36）相約、約會。　やりくり（36）籌
措、籌劃。　止める（36）停止、作罷。　～や（39）助詞。
表示列舉。　やむ（49）（雨、雪）停。　家賃（48）房租、
房費。　やった（50）太棒了。　辞める（51）辭職。

ゆ

郵便局（1）郵局。　ゆっくり（2）慢慢、好好。　夕食（8）晩飯。　郵送料（10）郵寄費。　友人（19）朋友。　夕方（20）傍晩。　指（23）手指、脚趾。　夢（46）夢、理想。　夕立（49）雷陣雨、驟雨。　夕焼け（49）晩霞。　輪送（53）運送。

よ

呼びかけ（1）打招呼。　よろしく（2）問好。　寄る（2）順路去。　ようこそ（5）歡迎到來。　よく（5）好。　酔う（5）醉、暈（車、船）。　弱い（5）弱、不擅長。　〜ようだ（6）助動詞。表示好像或婉轉的斷定。　よろしい（9）可以、好。　呼びたて（11）特地叫來。　夜（11）晩上。　吉田（12）吉田。　予約（16）預約、訂。　読む（16）説、看（書）。　よろしくお願いいたします（18）請多關照。　〜用（19）由……之用。　予算（20）預算。　〜より（20）助詞。表示比較。　横（23）橫、橫躺。　横腹（24）側腹、腰窩。　呼ぶ（26）叫、呼喊。　よりけり（27）依……而定、要看……如何。　要点（28）要點。　用事（36）事情。　予

— 229 —

定（36）預定、安排。　余裕（36）富餘、剩餘。　～より（36）助詞。表示除……以外。　喜ぶ（38）喜歡、高興。
四畳半（48）四疊半榻榻米大小。　洋間（48）西洋式房間。　よかった（50）太好了。　～よ（51）助詞。表示加強語氣。　予想（52）預想。　予測（52）預測。　要求（53）要求。

ら

ラーメン（1）湯麵。　来年（3）來年、明年。　～らしい（5）表示好像。　～られる（23）助動詞。表示被動。　来週（32）下周、下星期。　来月（37）下個月。　ライス（43）米飯。

り

旅行カバン（1）旅行包。　劉（5）劉。　旅券（7）護照。　両替（9）兌換、換錢。　李（12）李。　立派だ（14）漂亮、出色、宏偉、了不起。　理由（16）理由。　リンゴ（16）蘋果。　理髪店（22）理髮店。　両親（36）父母、雙親。　旅行（37）旅行。　料理（44）料理。　量的（53）數量上。

る

留守（20）不在家。

れ

レストラン（1）飯館。　〜れる（16）助動詞。表示敬語。
レジ（20）付款處。　礼金（48）酬謝金。　連絡（53）聯
絡、聯繫。

ろ

六時（8）六點鐘。　楼下（19）走廊、樓道。　論文（37）
論文。　六畳（48）六疊榻榻米大小。

わ

忘れる（1）忘記。　わたし（1）我。　わたしども（2）我
們。　悪い（2）不好。　わざわざ（5）專程、特意。　別れ
（6）分別、分手。　忘れ物（6）遺忘的東西。　渡す（8）交
給。　わかる（11）明白、知道。　わずか（14）一點兒、
少。　わきの下（24）腋下。　話題（28）話題。　〜わけ
（30）表示理由、情形。　分りやすい（35）易懂、淺顯。

〜わけにはいきません（36）表示不能……。　割り勘（43）均攤費用。　割合（47）比較起來。　割る（50）打破。　渡値（53）交貨價格、到岸價格。

を

〜を（1）助詞。表示動作對象、賓語。

ん

〜んです（9）＝〜のです表示判斷、說明。

注：1.括弧中的數字表示該單詞、該短語首次出現的單元。

　　2.本總表字頭相同的單詞、短語、按單元順序排列。

　　3.同一單詞、短語在後面單元中重複出現時，不再單列。

徐一平

　　1956 年生，北京人。1978 年考入北京外國語學院。1983 年赴日本神戶大學留學，先後獲碩士、博士學位。自 1989 年起在北京外國語大學日語系任講師、副教授，現任北京日本學研究中心副主任。專著和編著有《日本語研究》（人民教育出版社）、《留日指南與會話》（高等教育出版社）、《中国の雨》（合著。日本白帝社）、《詳解日漢辭典》（合編。北京出版社）。《阿陽在日本》（合編。吉林科學技術出版社）、《日本語系列讀物・詞彙篇》（今日中國出版社）等。另在 1992 年開播的中央電視台《標準日本語（中級）》電視講座中任主講人。

林為龍

　　1945 年生於日本。70 年代中
期在廈門大學任教，後調入北京外
國語大學任教。1987 年至 1990 年
赴日本筑波大學專修日本近、現代
文學。現任北京外國語大學日語系
副教授、日語系研究生教研室主任
。曾任中央電視台≪星期日日語≫
節目主持人，北京人民廣播電台≪
科技日語≫節目主講人。主要著作
有：≪漢日成語辭典≫（合著。商
務印書館）、≪日本文化漫談≫
（今日中國出版社）、≪新舊價值
觀的對立與時代潮流≫（高等教育
出版社，論文）等。

* 國家圖書館出版品預行編目資料

新日語 900 句 ／ 林為龍，徐一平編著. --初版.
　--臺北市 ： 鴻儒堂，民 87
　　面 ； 　　公分
　ISBN 957-8357-05-2(平裝)

　1. 日本語言-讀本

803.18　　　　　　　　　　　　　　87005110

新日語900句

定價：200元

初版中華民國八十七年四月

行政院新聞局核准登記證字號；局版臺業字1292號；局版臺陸字第101005號

編　　　著：林為龍・徐一平
發　行　人：黃成業
發　行　所：鴻儒堂出版社
地　　　址：台北市中正區100開封街一段19號二樓
電　　　話：二三一一三八一〇・二三一一三八二三
電話傳真機：〇二～二三六一二三三四
郵政劃撥：〇一五五三〇〇～一號

本書凡有缺頁、倒裝者，請逕向本社調換

アルクの日本語テキスト

1級受験問題集
日本語能力試験2級受験問題集
3・4級受験問題集

松本隆・市川綾子・方川隆生・石崎晶子・瀬戸口彩　編著

　　本系列書籍的主旨，是讓讀者深入了解每個單元的所有問題，並對照正確答案，找出錯誤的癥結所在，最後終能得到正確、完整的知識。

　　每冊最後均附有模擬試題，讀者可將它當成一場眞正的考試，試著在考試時間內做答，藉此了解自己的實力。

每冊書本定價：各180元
每套定價（含錄音帶）：各420元

日本語能力試験1級に出る重要單語集

松本隆・石崎晶子・市川綾子・衣川隆生・野川浩美・松岡浩彦・山本美波　編著

　　本書特色
- 有效地幫助記憶日本語1級能力試驗常出現的單字與其活用法。
- 左右頁內容一體設計，可同時配合參照閱讀，加強學習效果。
- 小型32開版面設計，攜帶方便，可隨時隨地閱讀。
- 可做考前重點式的加強復習，亦可做整體全面性的復習。
- 例文豐富、解說完整，測驗題形式與實際試驗完全一致。
- 索引附重點標示，具有字典般的參考價值。

書本定價：200元
每套定價（含錄音帶）：650元

日本語能力試験漢字ハンドブック

アルク日本語出版編輯部　編著

漢字是一字皆具有意義的「表意文字」，就算一個漢字有很多的唸法，但只要知道漢字意思及連帶關係就可以掌握漢字，所以只要認得一個漢字，也就可以記住幾個有關連的單字。本辭典爲消除對漢字的恐懼，可以快速查到日常生活中用到的漢字意思及使用方法而作成的，而且全面收錄日本語能力試驗1~4級重要漢字。

定價：220元

これで合格日本語能力試験1級模擬テスト
これで合格日本語能力試験2級模擬テスト

衣川隆生・石崎晶子・瀬戸口彩・松本隆編　著

本書對於日本語能力測驗的出題方向分析透徹，同時提供了答題的絕竅，是參加測驗前不可缺少的模擬測驗。

書本定價：各180元
每套定價（含錄音帶）：各480元

專門教育授權
鴻儒堂出版社發行

日 本 語 問 題 集 系 列

日 本 語 實 力 養 成 問 題 集
－日本語能力試驗1級対策用－
日本外國語專門學校/編著　　　150元
內容分爲文字、語彙、聽解、讀解、
文法等三部分，是針對日本語1級
能力測驗的最佳自我模擬考問題集。

日 本 語 實 力 養 成 問 題 集
－日本語能力試驗2級対策用－
日本外國語專門學校/編著　　　150元
書中的練習題均爲針對日本語2級
能力測驗所設計，是培養個人日
語應用力的最佳對策問題集。

日 本 語 實 力 養 成 問 題 集
－日本語能力試驗3級（4級）対策用－
日本外國語專門學校/編著　　　150元
針對日本語3級・4級能力測驗所設
計，是提高自我學習力的最佳練
習問題集。

日 本 語 學 力 テ ス ト 過 去 問 題 集
－レベルA－　91年版
專門教育出版テスト課/編　　　120元
レベルA 相當於1級能力測驗，是
學習時間超過1000小時的日文學
習者必讀的考前對策問題集。

日 本 語 學 力 テ ス ト 過 去 問 題 集
－レベルB－　91年版
專門教育出版テスト課/編　　　120元
レベルB 相當於2級能力測驗，是
學習時間超過700～800小時的日
文學習者必讀的考前對策問題
集。

日 本 語 學 力 テ ス ト 過 去 問 題 集
－レベルC－　91年版
專門教育出版テスト課/編　　　120元
レベルC 相當於3級・4級能力測
驗，是學習時間超過400～500小
時的日文學習者必讀的考前對策
問題集。

日 本 語 作 文 Ⅰ
－身近なトピックによる表現練習－
Ｃ＆Ｐ日本語教育・教材研究會/編 100元
適用初級後期至中級後期的日文
學習者，是培養正確作文表現力
的最佳練習教材。

日 本 語 作 文 Ⅱ
－中級後期から上級までの作文と論文作法－
Ｃ＆Ｐ日本語教育・教材研究會/編 120元
適用中級後期至高級的日文學習
者，是準備進入日本大學或大學
院者的最佳論文指導教材。

日本語学習者のための
長 文 総 合 問 題 集
上田実・米澤文彦/共著　　　150元
針對中級學習者的需要，書中設
定了16篇說明文、論說文及小說
等文章，文後並有測驗習題。

実例で学ぶ
日 本 語 新 聞 の 読 み 方
小笠原信之/著　　　160元
適用中、高級的日文學習者，幫
助讀者從日文報紙的報導中提升
自己的日文實力。

日 本 語 能 力 試 驗 1 級 合 格 問 題 集
日本外國語專門學校/編
書本定價：180元
每套定價（含錄音帶）：480元

日 本 語 能 力 試 驗 2 級 合 格 問 題 集
日本外國語專門學校/編
書本定價：180元
每套定價(含錄音帶)：480元

聽解問題
（レベルA・B・C 過去問題集）
專門教育出版テスト課/編
卡2卷定價：300元

專門教育授權
鴻儒堂出版社發行

鴻儒堂新書介紹

日本語能力試驗對應文法問題集1、2級

白寄まゆみ・入内島一美編著/

日本桐原ユニ授權・鴻儒堂出版社發行

本書是由1994年公開的「日本語能力測驗出題基準」爲依據，從中全面網羅1、2級的機能語。目前市面上尚無此類書籍。除收錄重要的機能語、加上淺顯易懂的解説與例句外，並補充豐富的練習問題1076題與4回模擬試驗。這些練習與實際試題形式相同，只要一本，萬無一失。

■定價：180元/ISBN：957－8986－97－1/16開・185頁

日本語能力試驗對應聽解問題集1、2級

筒井由美子、大村礼子等編著/

日本桐原ユニ授權・鴻儒堂出版社發行

本書自文法問題集之後，針對1級、2級日本語能力試驗中的「聽解」這部分而出版的。本書與其它同類型的書不同的是以「哪裡」、「什麼時候」、「怎樣」、「爲什麼」、「誰」、「什麼事」爲基礎來區別重要的，不重要的資訊，讓您輕鬆聽懂並了解錄音帶的內容，抓住要點，不再「霧散散」。強力推薦，請勿錯過。

■定價：180元/ISBN：957－8357－09－5（書）/16開・148頁
■定價：630元/ISBN：957－8357－10－9（書＋卡）

流暢日語會話

富阪容子著　郭蓉蓉譯　賴錦雀校閱/

日本アルク授權・鴻儒堂出版社發行

各位正在學習日語的朋友一定非常困惑，爲什麼已學好日語文法基礎，閱讀也有信心，但在交談時總是力不從心，對聽力亦感到不安呢？縱使聽懂問句，爲何答句卻令對方感到不舒服呢？本教材即爲解決上述問題而設計。使用本教材，讓您置身在日本日常生活，説出一口自然道地的日語。

■定價：200元/ISBN：957－8986－98－X/16開・163頁
■錄音帶/一卷200元

鴻儒堂辭典系列

新明解國語辭典第五版

金田一京助・山田忠雄等編著/　三省堂授權・鴻儒堂出版社發行

國語辭典的決定版是深入思考，探索現代日本語的變遷形態

·將收錄語增加到七萬五千條項目，重要語以＊字標示。

·揭示了主要動詞的接續格助詞（約1000語）。提供對寫作有幫助的基本構文。這是國語
辭典初次的嘗試。

·用例力求生動，追求重點式結合語句，提高活用度。

·依照實際情況採用了通用的アクセント，是最新的活用アクセント辭典。

·特別設置了方便利用的「數量稱呼」欄，豐富的「表記欄」。

·是唯一在卷頭放置「漢字索引」的國語辭典。就是希望即使漢字不會讀也能查尋。

■定價：500元/ISBN：957－8357－08－7/32開·1557頁

現代日語常用動詞搭配辭典

谷學謙、李永夏編著/吉林教育出版社授權・鴻儒堂出版社發行

搭配辭典與用例辭典一樣，列舉了大量的句型例句，可作爲用例辭典使用。同時還
列舉了大量的搭配種類和例詞，可作爲鑑別該詞能否與其他詞相搭配的依據，與其他辭
典不同的是搭配辭典以動詞爲中心，指明該詞與其他詞所能搭配的形態類型和搭配範
圍，使讀者從搭配關係中理解掌握詞的意義和用法。搭配辭典是防止中文式日語產生的
必備工具書。

■定價：500元/ISBN：957－8357－07－9/32開·1108頁

鴻儒堂袖珍日華辭典

林榮一主編/ 鴻儒堂出版社發行

爲提供日語學習者一本實用且攜帶方便的參考工具書，參考國內外的一般日文辭
典，進而編修了這本辭典。

本辭典字彙的選擇力求豐富、廣泛、新穎，所以除一般字之外，有關現代科技醫
學、經濟、文化等方面的專門術語，酌量予以收入，總共收錄日文詞彙24000個且所有詞
彙皆標示重音，爲標準東京語調，常用語皆以＊標示。

■定價：200元/ISBN：957－8357－03－6/50開·687頁